RYU NOVELS

日本有事「鉄の蜂作戦2020」

中村ケイジ

この作品はフィクションであり、
実在の人物・国家・団体とは一切関係ありません。

CONTENTS

序章

二〇一七年八月三〇日、日本との親密な関係を築く英国のあるＶＩＰが大阪の伊丹空港へと降りたった。その翌日、ＶＩＰは海上自衛隊最大の護衛艦「いずも」の艦上において、日英の防衛協力の歴史や交流について説明を受けた。

そのＶＩＰとは、テリーザ・メイ首相である。来日目的は、三一日夕に予定された日英首脳会談だが、そこでは北朝鮮の核・ミサイル開発の問題をはじめ安全保障面での両国の協力体制について、意見交換がおこなわれることになっていた。

英国側はＥＵ離脱後の対日貿易の強化が、日本側は北朝鮮の包囲網に英国の協力を得ることが表向きには示されていた。

ただ、共同声明こそ出されたものの、ご多分にもれず、会談の中身の詳細についてマスコミや日英両国民に明かされることはなかったのである。

よくも悪くも、国の安全保障にからむ日英のこうした関係は、いまに始まったことではない。この両国は、およそ二世紀も前からたびたびそうした仲にあり、ときに争い、ときに結びつくことを繰り返してきたのだ。

しかもその正転と反転の様相は、国境問題のように両国間に直接起因するものではなく、いつの時代もアジアやその大陸における利権や安全と深く関係しており、日本側からいえば、まさにそのときどきの「周辺事態」と無縁ではなかったのである。

ある年の夏、英国国旗を掲げた商船「コウショウ号」は、日本と敵対する某国の特命を帯びて朝鮮半島西岸を秘かに北上していた。武装した一〇〇〇名を超える某国の兵と十数門の砲、そして大量の弾薬を乗せて。

商船には、やはり某国の一隻の砲艦が護衛につき、二隻の巡洋艦がその前方警戒にあたっていた。同海域を監視中であった日本海軍の艦隊がこれを捕捉し海戦へと発展したが、商船に対しては、まず停船を命じたのである。

乗船する敵兵の上陸先、すなわち目的地と思われる朝鮮半島の仁川（インチョン）港、または牙山（アサン）港行きを阻止すべく、日本艦隊への同行を求めるためであった。

だが、コウショウ号の英国人船長トーマス・ライダー・ガルスワーディーは、日本の巡洋艦「浪速」が臨検のため二度も派遣した人見大尉ほか二名を体（てい）よく追い払い、時間稼ぎをもくろんだ。英国人といえども雇われ船長の身では、乗船する兵らの指揮官を説得する必要があったのだ。

そのことを先刻承知の浪速艦長は、戦時国際法に準じて船長と船員下船の猶予を与えたが、英国船はいっこうに恭順の姿勢をみせない。それどころか、乗船中の兵が甲板に居並び、浪速へと銃を向けてくる。

船長の説得にも耳を貸さず、「日本艦が第三国の英国船を砲撃するようなことはない」と突っぱねた兵の指揮官の無謀な判断の結果であった。もはや英国船内において、船長と兵らとの間に深刻な不和が生じていることは明らかだった。

それでも浪速の艦長は砲撃に至ることなく、慎重に事を運んだ。やはり戦時国際法に則って自艦に赤旗を高く掲げると、砲撃の意とそれにともなう生命への危険があることを英国船に示したのだ。

「最後通告、三〇分後に砲撃する」

臨検隊が戻ってからも、こうしてしばらく二隻の睨(にら)みあいは続いたが、ついに浪速の艦長は部下の人見大尉にそう告げた。

いかな先進国の商船といえども、巡洋艦との勝負に勝ちめはない。護衛の砲艦も、護衛どころか日本艦隊の姿をみとめてすぐに逃走を図る始末で、恭順を拒んだコウショウ号の末路は、誰の目にもはっきりとしていた。

戦闘態勢を敷いた浪速からは、まず魚雷が放たれたが、これは命中しなかった。

続いて砲撃に移る。浪速の主要兵装は、主砲の二六センチ単装砲二門のほか六門の一五センチ単装砲、四門の魚雷発射管であった。

むろん、軍艦と違って鋼鉄の装甲も何もない二〇〇〇トンほどの商船は、そうした砲弾が二、三発も命中すれば、たちどころに沈んでしまう。事実、コウショウ号は浪速の砲撃開始からまもなく撃沈されたのだった。

午後一時を過ぎて、この砲撃開始の直前に危険を察知したガルスワーディーほか英国乗組員らは海に飛び込み、これに続く某国の兵も少なくなかった。

しかし、日本側に救助されたのは船長を含む数名の英国士官のみで、乗船していた兵のうち百数十名が翌日、英国ほか第三国の軍艦によって救助されたが、一〇〇〇名近い兵のほとんどがコウショウ号とともに海へと没したのである。

これを知った英国政府、そして世論は当初激昂し、極東への艦隊増派も辞さないかまえであった。というのも英国は、その九日前に日本との条約（日英通商航海条約）改正に至り、従前の不平等条約の撤廃に奔走する日本に対し、事実上譲歩していたからだ。

そうして英国のみならず、米国その他の先進諸国でもこの出来事は大きく注目され、世界が固唾(かたず)を呑んで、そのなりゆきを見守ることになった。

だが、日本艦隊の対応が国際法に準じたものであることが内外から指摘されると、英国内の騒ぎは徐々に鎮静化をみることになる。

特に、当時国際法の権威とうたわれた英国人の法学者ホランド博士が、日本の正当性を論じたことでそれは決定的なものとなった。

これは、一九世紀の国際緊張が高まる世紀末を題材とした架空戦記ではない。実際にあった「事件」である。

某国とは現在の中国である清国であり、コウショウ号のコウショウは漢字で「高陞」と記し、清国にチャーターされて海上輸送の任にあたっていた。

いまから一二〇年以上も前の明治二七年（一八九四年）七月二五日の日清間の豊島(ほうとう)沖海戦に付帯して発生した「高陞号事件」だ。

そしてこのときの浪速艦長こそ、のちの日露戦争における日本海海戦で、連合艦隊司令長官として指揮をとった東郷平八郎その人であった。

今日、世界三大提督の一人とうたわれる東郷は、高陞号事件当時、すでに五〇歳に近い大佐だったが、二〇代の多くを官費留学生として英国で過ごしたエリートであり、その際に国際法を学んだのだ。

当然ながら英国側も、事件発生後にこの事実はつかんでいた。当時、国際法の権威を擁する自国英国でそれを学んだはずの日本のエリート海軍将校が、国際法違反の非難の的となれば、英国のその権威も地に墜ちることになりかねない。

それでなくとも当時は欧州列強の各国が、アジア、インドでの植民地政策や帝国主義にあってしのぎをけずるなか、英国としてはなんとしても、明治維新後の新生日本を手なづけておく必要があった。

不平等であると日本が訴える従前の条約について、他国に比し、いち早く改正への合意に達したのも、今後アジアにおいて大きく台頭してくるであろう日本との関係を、どこよりもはやく構築したかったからだ。

英国は、かつての仇敵(きゅうてき)米国のアジア進出を牽制すること以上に、日本がロシアの南下政策の防波堤となることを強く期待しており、それには日本の軍事力整備にも増して、世界的地位の向上が不可欠と読んでいたのである。

日本が先進国の英国と対等な条約を結んだとなれば、アジアの国々はもちろん、それまでこの国を東洋の一小国としかみなしていなかった欧州各国や米国、そしてロシアもまた一目置かざるをえなくなる。

そうやって日本に貸しを作ることで、英国は彼らがチャイナと呼ぶアジアの大陸や極東において、盤石(ばんじゃく)な足がかりを築こうと考えたのだ。

一九〇二年には日英同盟が締結。それは二次、三次と逐次更新され、一九二三年に四か国条約の成立をみるまでの間、およそ二〇年にもわたり続くことになった。

これにもとづいて第一次世界大戦開戦の一九一四年に、日英両軍は中国山東省に築かれたドイツ海軍東洋艦隊の基地を攻略（青島の戦い）。さらに一九一七年には、英仏等の連合国の船団護衛のため、日本海軍は地中海へ特務艦隊を派遣した。結果、この日英同盟は日本の地位や国際的な立場を大きく高めることになった。

英国の日本へのこうしたある種の「投資」というのは、すでに明治維新以前から始まっていたともいわれている。いや、明治維新そのものが英国の強力な裏工作によって実現したとする極論さえ、今日みられるのである。

しかし英国の対日工作は、それだけではなかった。二一世紀に入り明らかにされた英国保管の機密文書によれば、二〇世紀のなかば、慎重であった米国の対日参戦を決定的にしたのは、英軍情報機関による欺瞞情報であったというのだ。

当時、対独戦のまっただなかにあった英国は、再三にわたり米国の直接的な支援や協力を熱望していたが、米国世論は、戦争はヨーロッパでの出来事であるとして軍事介入や参戦を望んでいなかった。

そこで、米国が中国大陸での利権をめぐり日本との戦争に突入することで、必然的に連合国の一員となるよう英国が仕向けたというのだ。

当時、独・伊との三国同盟を結んでいた日本は、英国にとっては敵対国であり、その日本と米国が対決することになれば、当然、米国は英仏ほかの連合国側に与することになる。

それには、なんとしても日米交渉を決裂させる必要があると英側は策謀したのだ。そこで英軍情報機関は、日本軍のインドシナ方面での兵力展開状況を過大に米国へと告げ知らせ、ルーズヴェルト大統領を激怒させた。

たとえば英軍情報機関は、インドシナへ向かう日本軍輸送船の数を水増しして米国へ報告していた。つまり、外地に駐留する日本軍への海上からの通常の補給や輸送活動を、あたかも新たな増援や部隊の展開のごとくに思わせたのだ。

それによって、日本は双方の妥協点を得る交渉ではなく、戦争準備のための時間稼ぎをしているにすぎないと、ルーズヴェルトに信じさせることに成功した。

第一次世界大戦で英国と同盟関係にあった日本

は、それから三〇年と経っていない第二次世界大戦において、こうして米国のみならず英国の交戦国ともなり、殺戮（さつりく）を繰り広げることになったのである。

開示された機密文書に記されている内容が真実ならば、日本は米国との交渉がまとまる可能性があったにもかかわらず、無用な戦争へと至ったことになる。

今日、第二次世界大戦中の日本は、情報戦においても米英に劣っていたとの見方があるが、戦時中どころか、すでに開戦前のそれにも敗れていたのだ。

むろん日米交渉が妥結をみたとしても、米国がその後、英国を支援して対独戦へと踏みきった場合、早晩日米戦は避けられなかったかもしれない。

いずれにしろ、日本は米英を中心とした連合軍と、まさに血みどろの戦いを展開し、最後は米国による世界初の核兵器（原子爆弾）使用を機に、無条件降伏による敗戦をみることになった。

だが真に目を向けるべきは、正反いずれの場合も英国が日本に深く関心を寄せてくるときには、日本が大なり小なりアジア大陸との問題を有しているということだろう。

メイ首相の前任、キャメロン首相の時代の二〇一五年、英国が中国主導のアジアインフラ投資銀行（ＡＩＩＢ）への参加を表明すると、それまで慎重だった独、仏、伊もこれに続くことになった。

過去に中国とのビジネスにおいて、これらの国も日本同様、さほど大きな見返りが得られなかったにもかかわらず参加したのは、アジアの資源開発やインフラ整備を期待してのことだろう。

しかし、そうであるのならば、今後日米との新たな経済摩擦が生じる可能性も否定できないということになる。しかも、その後ろ盾はむろん中国米両国はアジア地域における明らかな「有事」に直面していた。

なのだ。

アジア経済において日米が、万が一、中国主導のもとに築かれた欧州主要国の包囲網にさらされるようなことになれば、それは従来とはまったく違った様相の火種を生むことにもなりかねない。

しかもその鍵を握る中国は、旧態依然とした覇権主義のもと、アジア大陸はもとより太平洋の海域にまで勢力拡大の触手を伸ばしつつある。

さすがに、いまだ正面きって米国と争う姿勢は見せてはいないものの、目下の中国の強硬な対日姿勢は、明らかに対米オプションの一つといえた。

二〇一九年の夏に発生した日本側呼称の「南西防衛戦」でも、中国は米軍の介入直前に手をひくという芸当を見せた。そして堂々と、あれは戦争ではない、愛国心に満ちた一部の軍と人民の暴発だったと日本側に告げてきたのだ。

すでに、いまそこにある危機などではなく、日

第1章
海自キングフィッシャー

二〇二〇年三月一〇日午後
硫黄島沖上空
海上自衛隊（海自）第五一二飛行隊
P‐1哨戒機

海自第五一航空隊、第五一二飛行隊のP‐1哨戒機は、硫黄島の北東五〇キロメートルの海域上空で、アップデートされた戦闘指揮システムの試験をおこなっていた。

硫黄島と記される島は日本には二島あるが、一つは東京の南およそ一二〇〇キロメートルの海上にあって、近くの北硫黄島、南硫黄島とともに小笠原諸島に属する。

ここは二〇世紀なかばの日米戦において激戦地の一つとなったところで、米海軍は後にそのメモリアルから「イオー・ジマ」（IWO JIMA）という名の揚陸艦を建造し、これを一番艦としてイオー・ジマ級揚陸艦計七隻を配備した。

二〇〇二年までにいずれも退役しているが、米軍関係者の間では、いまでも硫黄島はIWO JIMAとして知られる。

だが二〇〇七年、この東京にある硫黄島の正式な呼称は、「いおうじま」ではなく「いおうとう」に統一されることになった。

もう一つは鹿児島の薩南諸島に属するもので、こちらの呼び名は「いおうじま」である。

鹿児島本土と南の屋久島の中間付近に竹島、黒島とともにあって、一〇〇人をこえる島民が暮らしている。また呼称は同じ「いおうじま」でも、表記が異なる伊王島という島が長崎にはある。

この日、第五一二飛行隊所属のP‐1が進出したのは鹿児島の南の空ではなく、かつての激戦地として知られる「いおうとう」周辺の上空だった。近くにまで寄らないと、肉眼ではその存在がわからないほどの小さな島である。むろん、周辺は空の上からでも見渡すかぎりの大海原だ。

それでもここには飛行場があり、機に万一のトラブルが起きたとしても、海への不時着水はせずにすみそうだった。

なにしろ海自最新の新世代哨戒機である。

哨戒機は、過去にはわざわざ対潜哨戒機と称され、海中に潜む敵潜水艦を上空から捕捉・追尾し、爆弾や魚雷により撃沈することを目的とした軍用機にすぎなかった。

しかし、現在では対潜の二字が取れ、潜水艦のほか水上艦や沿岸、島嶼(とうしょ)等の敵を捜索し、情報を収集したり攻撃したりといった任務を負う。

哨戒機とはいうが、その任務は多岐にわたり、一機で偵察機、情報収集機、攻撃機の三機の役割をはたす必要があった。いや、従来の哨戒機には実際にそうした主要な任務に特化して、装備が更新されたり、改良されたりした機もある。

P‐1は新しいだけでなく、これまでのP‐3C以上の性能を有するぶん、大きな期待が寄せられてもいた。

それが重大事故に見舞われたということになれば、陸自配備のオスプレイが配備前の米軍機事故に際してそうであったように、マスコミが大きく報じるというだけではすまない。

原因究明や他機全機にもおよぶ点検や調査等々で、この緊迫した時期に海自は大きく戦力をそがれることになる。

固定翼哨戒機は、まだ半数以上を旧型のＰ‐３Ｃが占めているとはいえ、Ｐ‐１もすでに戦力化されているのだ。

そのことは、機長の前田三佐（三等海佐）をはじめクルー全員が十分に心得ているはずだった。

全長は三八メートルで、Ｐ‐３Ｃよりも二メートルほど長く、翼幅に関しては五メートルも長い三五・四メートルに達する。民間機でいえば、一五〇から一六〇席程度の座席数を有するエアバスＡ３２０くらいの大きさである。

ＩＨＩ製の四発のターボファンエンジンは、巡航速度ではＰ‐３Ｃより一〇〇ノット超の四五〇ノット（時速約八三〇キロメートル）を可能とし、巡航高度も八〇〇〇フィート高い三万六〇〇〇フィート（約一万八〇〇メートル）を実現した。

航続距離に至っては、Ｐ‐３Ｃのおよそ六七〇〇キロメートルに対して、Ｐ‐１では八〇〇〇キロメートルにもおよぶ。

二〇一三年から配備が始まり、機体、エンジン、システムのいずれもオール国産のＰ‐１は、その後も逐次部分的な改良が施されており、いわば進化し続けるハイテク哨戒機といえた。

最初の配備からすでに三〇年を超えているそれまでの海自主力哨戒機Ｐ‐３Ｃとは、飛行性能はもちろんのこと、アビオニクス（航空電子機器）も格段に向上している。

とりわけ潜水艦の探知、捜索能力は世界トップクラスにあるというか、まさにトップそのもの、ナンバーワンといっても過言ではなかった。

最新の戦車や戦闘機のそれと同じくＡＩ（人工知能）を備えたＰ‐１の戦闘指揮システムは、ＨＹＱ‐３情報制御処理器により、Ｐ‐３Ｃの熟練クルー（乗員）にも匹敵するような探知、解析、情報の処理を可能とする。

むろん、そのハードもソフトも日本の名だたる企業の手によるもので、機体やエンジン同様、最初からＰ‐１専用として多くの苦労のすえに開発されたものだ。

簡単にいえば、Ｐ‐１に装備されている各種のセンサーでひろった様々な情報をもとに、システムの側が、つまりコンピュータが、それが潜水艦なのかどうか、また潜水艦ならば味方の艦か敵艦かを、なかば自動的に識別して人間へと告げてくる。

クルーのうち、機長の次に権限を有するＴＡＣＣＯ１（タコ・ワン）は、そうした戦闘指揮システムをあつかう長であり、それだけにたいていは一尉や三佐あたりの中堅幹部が、このポジションにつく。それぞれ旧軍や米軍の大尉、少佐に相当するが、それはときに機長と同じかあるいは上ということもある。

実際、戦闘中の指揮はＴＡＣＣＯ１に委ねられ、機長もその指示にしたがって機をコントロールすることになる。いや、機長よりも階級が上である場合には、操縦には携わらないにしても、事実上ＴＡＣＣＯ１が機長を兼ねることさえあるのだ。

ＴＡＣＣＯはtactical coordinator（タクティカル・コーディネーター）の略だ。

機内では他のクルーから、もっぱらタコあるいはタコーと呼ばれ、みずからもそう称するこのＴＡＣＣＯは、日本語では「戦術航空士」ということになるが、Ｐ‐１には二人のＴＡＣＣＯが配置されていた。すなわち、上級のＴＡＣＣＯ１とこれを補佐するＴＡＣＣＯ２（タコ・ツー）である。

硫黄島周辺の海域の多くは、年間を通じて穏やかな表情を見せることがあまりない。むしろ、船乗りに緊張を強いるようなシケの日が続く。

この日も快晴ながら荒れ気味の海には、ところどころとはいえ、小さな白波がたっているのが上空からも見てとれた。

こうした波はときにシークラッター（波による反射）を生じさせ、海上の目標をレーダーで捉えにくくすることがある。

Ｐ‐１のレーダーは、Ｐ‐３Ｃのそれよりも格段に優れているが、試験には装備されたアビオニクスのチェックも含まれていた。

「オールクルー、これよりこの海域において、潜水艦その他水上艦艇等の捜索を始める」

ＴＡＣＣＯ１の中原三佐がヘッドセットを通じてそう発した。

通常はこれに対して確認したという意思表示のため、「機長」「ＭＣ」という具合に各クルーがそのポジションのみを告げてくるが、今日は間髪いれずにＭＣの一人がせわしげに告げてきた。

「レーダー、スモールコンタクト、ベアリング一二〇度（ひゃくふたじゅうど）」

ＭＣはミッション・クルーの略で、Ｐ‐３ＣのＳＳ（センサーマン）に相当する。

Ｐ‐１ではＴＡＣＣＯ１（左側）、ＴＡＣＣＯ２（右側）が、機体の両舷に分かれて配置されているが、ほかに四名のＭＣが機の左舷側にずらりと並んだ制御卓に向かい、横一列にすわって戦闘指揮システムに携わる。

ほかにソノブイの取りあつかいや機材の整備をおこなう二名のクルー、それにコクピットには機長と副操縦士、ＦＥ（フライトエンジニア）の三名が詰めており、総勢一一名でこのハイテク機による各種のミッション（任務・作戦）をおこなう。

ＭＣが告げたベアリングとはmagnetic bearing（マグネティック・ベアリング）のことで、磁針方位をさす。つまり、コンパスの一二〇度方向に、それが何かまだはっきりとはしないものの、機のレーダーによって探知されるものがあると報告しているのだ。

「了解、パッシブ、アンド、アクティブソーナーを投下する」

すでに三〇代なかばだが、ベビーフェイスゆえにまだ二〇代の若手にしか見えない中原三佐が、べつにベテランの感じを出そうとしてというわけでもなかったが、低音の響くしぶい声で告げた。

ソーナーとは、レーダーでは探知できない海中の目標(潜水艦)を探しだすセンサーだが、これには、アクティブとパッシブの大きく二つの種類がある。

——まあ、まったく予期していなかったというわけでもないが、テストのさなかに本物(の潜水艦)に遭遇するとはな。ツイているのやら、いないのやら。

どっちにしろ、この海域に潜んでいるとすれば、友軍の潜水艦だとは思うが。

そう思ったのは自分だけではないだろうと、中原三佐は心の中だけで苦笑いしつつ、投下の位置や方法、タイミング等について、他のクルーに次々と的確な指示を出していった。

現代の潜水艦は、基本的に単艦で隠密に行動する。味方といえども、事前に示しあわせての演習や訓練でもないかぎり、その行動が水上艦や哨戒機等に知らされることはない。

つまり、それが潜水艦単艦の訓練であれば、たとえ訓練であっても、やはり水上艦や哨戒機に、その潜水艦の位置や航路、軌跡等が伝えられることはないのである。

結局、訓練とはいえ、味方同士での潜水艦対水上艦、あるいは潜水艦対哨戒機のいわば「模擬実戦」へと発展する可能性を有しているのだ。

まだ一度も実戦経験のなかったころから、海上自衛隊では、日々こうして実戦さながらの模擬実戦をおこなうことで「そのとき」に備えていた。

　事実、二〇一九年の「南西防衛戦」では、それが功を奏することになった。

　中原三佐らが所属するこの第五一航空隊も、他の哨戒機部隊同様、当時は連日「出撃」して潜水艦狩りに奔走した。

　このときの相手は中国艦であったが、第五一二飛行隊は、日本海の竹島沖で現場に先行していた護衛艦「あさぎり」に追いつくかたちで、敵潜水艦一隻の撃沈に成功した。

　DD-151「あさぎり」からも敵潜水艦に向けてアスロック（対潜ロケット）が放たれたものの、先に発射された敵魚雷によって、同艦は不幸にも多くの乗組員とともに日本海に没することになった。

　しかも「あさぎり」のアスロックはロケットから切り離されたのち、魚雷が海中へと没して自律駛走に入った直後、なぜか迷走してなかなか敵艦を捉えることができなかったことを、中原三佐らのP-1は上空から把握していた。

　むろんそのとき、中原三佐はTACCO1としてすぐさま機上から魚雷を投下し、「あさぎり」の仇をとったのである。

　だが、それは中原三佐にとって一つの賭けでもあった。

　敵潜水艦がキロ型であることは、ソーナーが送ってくるデータとシステムのデータベースとの照合によってすぐに判明したが、この型の潜水艦には、司令塔のみを海上に出せば発射可能な対空ミサイルを装備するものがあることがわかっていたからだ。

　哨戒機はソーナーやMAD（磁気探知機）による敵潜水艦の捜索や魚雷攻撃に際して、低空を飛ぶ必要に迫られる。

　こちらには、敵が頭を出す前に仕留めることができるという自負心があるにしても、万々が一、敵が刺し違える覚悟でミサイルを発射してくるようなことがあれば、最悪、相撃ちとなるおそれがないとはいえなかった。

　味方潜水艦との訓練では、そうした脅威は考えなくてもよかった。味方のそれには、最新鋭のものにさえ対空兵装の類いは装備されていないからだ。

　中原三佐は以前、海自の潜水艦にも水上艦と同じように小銃や拳銃が保管されていると聞いていたが、機関銃や携帯SAM（携帯型対空誘導弾・ミサイル）が積まれているかどうかまでは知らなかった。

　海自の潜水艦もそうだが、急浮上後にクルーが艦内から出てくるまでの時間は、早ければ一分とかからない。

　すでに除籍された初代「うずしお」に代表される涙滴型潜水艦では、かつて観艦式のお披露目の際に、急浮上してクジラのごとく艦首を海上へと持ちあげて観客を沸かせるようなこともあったが、いまの葉巻型の新鋭艦にそうした芸当は無意味だ。やれないのではなく、コンピュータ制御された艦は派手なパフォーマンスに至らずとも安定した姿勢での急浮上を可能とするため、あえてやる意味もその必要性もないのである。

　だが、そんな今日のハイテク潜水艦であっても、急浮上するようなことが絶対にないとはいえない。そのため海自の潜水艦では、急速潜航だけでなく、いまもその種の訓練をおこなっている。

　潜航中の艦内火災や事故、あるいはバラストタンクや浮上に必要なエアを圧縮して保つ気畜器の異常など、通常は起こりえないはずのトラブルが起こらないという保証はないのだ。

いや、それどころか水上艦と異なり、艦全体に常に急な加圧や減圧がかかる潜水艦がその性能を維持するには、絶えず保守や整備が求められる。

潜水艦技術は、その国の持つ技術や国力の高さとも比例する。自国のみで世界トップクラスの潜水艦を一から建造できるという国は、日本のほかそう多くはない。

中国海軍は、数だけでいえば海自の一〇倍以上の潜水艦を保有しているといわれている。だが、その多くは旧ソ連時代に開発されたものやそのコピー、あるいは改修型にすぎない。自前の原潜に至っては、動けばたちどころに探知されることから、もはや潜水艦としては、その存在価値がないとさえ日米の側では目されている。

しかも、これら中国の潜水艦に関するデータは、通常型の艦であれ原潜であれ、ほぼすべてが日米においてすでにデータベース上で共有されており、日米いずれかのソーナーがひろいさえすれば、リアルタイムで艦種や艦型を特定することが可能であった。

むろん、そのデータベースは日米いずれにおいても最高機密に属するもので、中原三佐らのような資格を有する者が、システムを介して利用することはできても、直接「箱」の中身に触れるようなことはできなかった。

完全にブラックボックス化されており、それに触れることのできる人間は、日米を通じてごくひと握りの者にかぎられている。たとえ将官クラスの高級幹部であっても、その権限のない者が無理にアクセスするようなことがあれば重罪となる。

一方、常に世界トップクラスの潜水艦の国産を可能とする日本が、その潜水艦に対空兵装まで備えるようなことは、そう難しい話ではない。

備えつける武器そのものの開発を含めて、潜水艦をそのように改修することは技術的には十分可能でも、問題は、はたして運用する側に、本当にそのような必要性があるのかということになる。

当然、哨戒機に捕捉されても、これまでただ逃げるしかなかった潜水艦のクルーにしてみれば、潜航したまま発射可能な対空兵装があればそれにこしたことはない、ということになるだろう。

バッテリーやモーターの性能から潜航時間が短かった第二次大戦当時の潜水艦の多くは、潜水艦といえども実際には浮上してディーゼルを発動させながら水上を行くことが多かったため、必然的に対空あるいは対水上艦用の機関銃や砲を甲板上に備えていた。

しかし、原潜ならずとも一週間、二週間と持続して潜航することができる現代の潜水艦は、その隠密性こそが最大の長点であり、最大の武器であるともいえる。極論すれば、確実に攻撃を受けることになる哨戒機によって捕捉された時点でアウト、つまり潜水艦としての意味がなくなるのである。

いまもむかしも潜水艦の本務は同じであっても、可潜艦にすぎなかった時代の潜水艦戦術と、名実ともに潜水艦たる現代の潜水艦戦術は大きく異なる。

現代のそれは、最悪敵に捕捉されるようなことがあっても、与えられた任務を果たすまではとにかく逃げきって、無用な暴露は極力さけることが必要とされているのだ。

ただ、通常動力型潜水艦の任務も多様化しているとはいえ、その本務は敵水上艦もしくは敵潜水艦の阻止にある。それにより味方の制海権確保に大きく寄与し、敵には、海中に潜むことで我が方の姿が見えないことによる大きな脅威を与えるのである。

可潜艦の時代なら、敵輸送船団への攻撃という任務の際、途中で偶然遭遇した敵水上艦を仕留めるというようなこともありえたかもしれない。

しかしいまの時代に、彼我入り乱れる海域でそれをやれば、その潜水艦は任務達成前に敵に捕捉され、沈められるリスクをまちがいなく大きくする。

仮に、うまいぐあいに敵の駆逐艦一隻を撃沈できたとしても、次にはこちらも敵の水上艦なり哨戒機なりの攻撃を受け、海の藻屑となりかねない。

敵艦艇や哨戒機の哨戒圏を見事にくぐりぬけ、陸兵や武器弾薬を満載した敵船団を攻撃、すぐに離脱して再び隠密に帰還するようなことこそが、現代潜水艦には託されている。

それは相手が水上艦や潜水艦であっても同じだ。できるだけ気づかれることなく敵よりも優位な攻撃位置につき、確実に敵を仕留める。そして、できれば別の敵の反撃すらもこうむることなく、すぐに離脱して生還を果たし、また新たな任務につくといったようなことは、高性能な潜水艦にしかできない。

幸いなことに、それを可能とする潜水艦とクルーを日本は有している。Ｐ‐１のような最新のハイテク哨戒機であっても、海自の潜水艦を捕捉するのは、そう簡単なことではなかった。

仮に、あくまでも隠密性、静粛性を旨とするという潜水艦隊上層部の判断が変わり、対空兵装まで備えるようなことになれば、哨戒機の側のこれまでのような潜水艦側が反撃できないことを前提とした捜索活動や戦術についても、大きく見直す必要が出てくるだろう。

――むかし鼻っ柱の強い現場の幹部が、退職覚悟で潜水艦にも簡便な対空兵器を装備すべきと上に強くねじこんだという話を聞いたこともあるが、なにも変わってないところから察して、それも結局「空砲」に終わったということだろう。

中原三佐は、投下したソノブイがデータをあげてくるまでの間、卓の表示とヘッドセットに神経を集中させながらも、自分たちがP‐1ではなく中国の哨戒機で、いま捜索中の目標が味方の潜水艦だったらどうなのかとの疑問を払拭（ふっしょく）できなかった。

昨年のような実戦のさなかであれば、敵哨戒機は潜水艦の位置を捕捉した時点で、すかさず対潜爆弾なり魚雷なりの攻撃に移行するはずだ。

——そのとき日ごろの訓練どおりに味方潜水艦が逃げきることができればいいが、万一逃げきれずにしつように追われ、反撃しようにも反撃できない状況に置かれ、ついには撃沈をまぬがれなかったとしたら……。

そのときにさえ、どこかの鼻っ柱の強い幹部の意見具申を受け入れなかったことを、上の誰かは、ただ後悔するだけなのか。

考えてもしかたのないことではあったが、中原三佐は、その思いが実は昨年、自分たちが撃沈した中国海軍潜水艦のそれとかぶっていることに、すぐに気づいた。

あのとき、敵潜水艦の反撃の可能性はかぎりなく低かったとはいえ、対空兵装を備えていてもおかしくない艦であったことにはまちがないのだ。

ただP‐1にも、潜水艦の対空兵装についてはともかく、敵水上艦や沿岸にひそむ敵陸上部隊から発射された対空ミサイルを回避する備えはあった。ＩＲフレアやチャフである。

前者は航空機のエンジンの熱を追尾してくるミサイルに対して、後者は電波を使って追尾してくるミサイルに対して欺瞞するものだ。

それでも自機の高度が低ければ、それだけ敵との距離も短くなり、ミサイル回避動作の余裕もなくなる。

——こういうのを胸騒ぎというのだろうか……。今日は、やけにあのとき（中国艦撃沈）のことが思いだされてくるが、戦没した彼らの霊がこちらに恨みつらみを向けてくるのは、お門違いだと思うが。

まあ、すぐ近くには味方もいる。機長の腕もいい。クルーの意気も合っている。万が一、最悪の事態を迎えるようなことがあっても、あわてず、うろたえず、クルーの全員が冷静に懸命に対処すれば、大事に至ることはないはずだ。

卓からいったん視線をはずし、窓から外を見た中原三佐の目には、島々のわずかな緑が映った。

硫黄島には海自の航空基地が置かれている。その名もまさに「硫黄島航空基地」だが、実際には海自のみならず空自（航空自衛隊）や米軍艦載機の支援施設としても使用されており、少数の米軍人を含めて、総勢三〇〇名を超える陸海空の自衛隊員が常時駐屯している。

特に海自の基地隊は、第五一航空隊が所在する厚木航空基地の第四航空群隷下の部隊であり、厚木には中原三佐がよく知る隊員も少なくない。

それにここ（硫黄島航空基地）には、救難のプロフェッショナルたちもいる。本土から遠く離れているとはいえ、この海域での訓練や作戦行動は、そうした点で少なからず安心できるものがあった。

しかし有事ともなれば、かつての日米戦では米軍が飛行場確保のために島の占領を目指したように、新世紀の「新たな敵」にとっても、この硫黄島は軍事的要衝の一つと映るに違いない。

それを先刻承知の自衛隊は、日本では唯一この地で陸海空三自の協同訓練を継続的に実施している。

ただ、隊員たちの生活の便は決していいとはいえない。硫黄は出ても水の出ない島では、二一世紀のいまも水は貴重であり、台風だろうがなんだろうが、雨はまさに恵みの雨となる。

日米戦当時の七〇年前とは比較にならないほど技術や装備が進んだ二一世紀の現代でも、この地は快適さとは無縁なのだ。

渇きや地熱に見舞われながら、雨と降りそそぐ米軍の爆弾、砲弾、銃弾に耐え、決死の、いや必死の迎撃、突撃を一か月以上にもわたり敢行した旧日本軍同島守備隊の苦労は察するにあまりある。

隊員たちの生活燃料は、電力についてはディーゼル発電のため軽油に、火力はプロパンガスに依存している。火山島ゆえ地熱発電も検討されたようだが、民間ベースでは専門の運転要員を常時配置する必要があり、調査は実施されたものの、コストの点から見送られたという。

島内の各所には、土中深く旧軍兵士の遺骨がなお埋もれていて、時代を経てなかば埋没した地下壕跡からは、いまだに多くの遺品も出てくる。

戦後、通信施設のみを残して米軍が撤収し、自衛隊の管理に移行するとともに毎年慰霊祭がおこなわれるようになってからも、亡き兵の亡霊に遭遇したりうなされたりといった隊員たちは、これまで一人や二人ではない。

町がある北東の父島までは、本土へ行くよりははるかに近いとはいえ、それでもゆうに三〇〇キロメートルは離れている。

本土からの定期の補給便はあるが、ふだんの隊員たちの娯楽といえば、釣りやゲーム、雑誌、いつのころから置かれているのかわからないといった感じのＤＶＤくらいのものだ。携帯電話やスマホが使えるようになったのも、ほんの数年前のことである。

それだけに娯楽施設はおろか飲食店すらない島であっても、三自の隊員たちは互いに助けあいながら、和気あいあいとした日々を送っているが、彼らは実際にはこの島の住人ではなかった。

日米戦のころまでは、硫黄や漁業等で暮らしをたてるたくさんの島民がいたが、いまは一人として島の住民票を持つ日本人はいない。

派遣されている自衛官にしても、本隊や上級部隊の所在地かその周辺に住所を置いており、有人の島でありながら島民は存在しておらず、まさに基地に特化した島なのだ。

そのため慰霊祭などの特別な場合をのぞき、一般観光客の上陸も許されていない。たまにクルーズ船が沖を行くだけである。

それでも島がすさぶことなく、太平洋上の要衝として、その基地機能や飛行場が常に維持されているのは、彼らの絶え間ない努力の結果であり、この空域を行く機のクルーにとっては、かけがえのない島となっていた。

同日夕
硫黄島
陸上自衛隊（陸自）硫黄島派遣対戦車隊

陸自は二〇一九年の「南西防衛戦」の教訓から、まず机上において全国の主要な島や沿岸部に防衛拠点としての要所を定め、さらにその要所のいくつかを「最重要防衛拠点」に指定し、臨時の監視哨や少数の対舟艇対戦車隊の配備を進めていた。

身は小柄でも、海や空から迫る敵部隊の侵攻に早期に対処すべく、蜂のひと刺しのごとく敵に先制パンチを食らわせて、その間にヘリやオスプレイなどによって主力を急派急行させるのである。

この蜂のひと刺しは、昨年の南西防衛戦で発動された「鎮西作戦」策定の際に、陸海空の三自統合で検討されていたことでもある。

もとをたどれば、一九六〇年代から八〇年代の米ソ冷戦時代に、有事の際には数で圧倒してくると考えられた強大なソ連軍相手に、武器も兵力もかぎられた自衛隊がいかに効果的に効率的に戦うかというところへと至る。

その時代、陸自では水際で迎撃できず本土内陸部まで侵攻してきたソ連軍に対しては、普通科、すなわち歩兵部隊にレンジャー要員を配置することで、逐次遊撃戦（ゲリラ戦）を展開し、これにより混乱した敵を普特機、すなわち普通科（歩兵）、特科（砲兵）、機甲科（戦車・装甲車）の混成部隊で殲滅（せんめつ）するという戦術が策定されている。

この普特機の概念は、現代に至るもRCT（連隊戦闘団）として発展、継承されており、レンジャー要員にしても、いまなお各普通科連隊や各部隊に複数のレンジャー有資格者を置くというかたちが、そのまま採用されている。

つまり有事の際、我が国本土に潜入、侵攻してきた敵に対する遊撃戦は各普通科連隊の隊員のうち、レンジャー有資格者からなる臨時のレンジャー小隊を各連隊内で編成して実施するのだ。

万一、作戦のうえで中隊や大隊規模のレンジャー部隊を要するようなことがあれば、各連隊で編成したレンジャー小隊を集合させる。

そうして蜂のひと刺しのごとき方法でレンジャー部隊の遊撃戦により混乱した敵を、次に普通科連隊を中心とした戦闘団によって掃討、殲滅する。これだとわざわざ独立したレンジャー部隊を置く必要はないというわけである。

たしかに陸自には米軍のように遊撃戦に長けた独立したレンジャー部隊は存在しない。

しかし自衛隊創設後、すぐに誕生した空挺団は、実際には「空挺レンジャー旅団」と称してもおかしくはない。南西防衛戦でもそうであったように、有事に際して陸自においてその初動を手がけるのはこの空挺団や、つい数年前に新設された水陸機動団になる。

そうであるにしても、陸自の空挺団や水陸機動団もその数はそう多くはなく、即応にもかぎりがある。特に現代戦においては、侵攻を企図する側もこちらの意表をつく戦術や作戦を駆使してくる。

事実、昨年の南西防衛戦において中国軍側は、こちらが考えてもいなかった潜水艦ゲリラ戦とでも称するような多数の通常動力型潜水艦を、あちこちに潜入させるという手を使ってきた。

日本周辺各所のＡＳＷ（対潜戦）に我が方の水上艦、潜水艦を多数動員させて、尖閣ほか南西方面への侵攻の陽動としたのだ。

それだけではない。尖閣の奪取に際しては海上民兵とおぼしき自国の多数の武装漁船を動員し、我が方の護衛艦や巡視船艇が初動に苦慮する間に、軍の一部を上陸させるという手段におよんだ。

だが陸海空三自において、尖閣有事に対処できるようかねてより策定されていた鎮西作戦は、こうした敵のトリッキーな動きにも、見事な連携をもって機能することになった。

ただそれは、米軍の本格的な介入の前に中国側が矛を収めた結果といえなくもなかった。

もし中国軍が、あのまま退かずに徹底抗戦、総力戦の様相をみせていたらどうであったかについて、三自のトップはいまだはっきりとした答えを導くことができないでいたのである。

むろん、最後の頼みの綱が米軍であることはたしかでも、その米軍がどれくらいの規模でどれだけの間、あるいはどのタイミングで支援を可能とするのかについては、軍事上の問題というよりも政治的な要因に強く影響されることになる。

最悪、敵の大規模な侵攻から二週間、三週間の長きにわたり、三自のみでこれに抗するには冷戦時代の教訓を得て、蜂のひと刺しといった効果的な戦術、作戦を構築する必要があった。

陸は陸の、海は海の、そして空は空の、それぞれの蜂をいくつも擁し、そのひと刺しを受けてたじろぐ敵に我が方の部隊を集中して個々に叩く。

こうして鎮西作戦の支作戦として発案された「オペレーション・アイアンビー」、すなわち「鉄の蜂作戦」は南西防衛戦が終わってまもなく、世間にもマスコミにも知らされることなく、すでに秘かに発動されていたのである。

当面のところ、硫黄島の陸自の蜂は「第一二旅団硫黄島派遣対戦車隊」であり、これは第一二旅団直轄の対戦車中隊から一個小隊をローテーション配置していた。

むろん、それだけでは海岸線が二二キロメートルにおよぶ島の全周を常に警戒することはできないため、練馬の第一普通科連隊から選抜一個小隊が、やはりローテーションで派遣されていた。

以前から常駐している不発弾処理隊とともに、島の要所数箇所に二名一組でときに哨所を設け、ときに巡回しながら交代で警戒にあたるのだ。

不発弾処理隊が常駐していたのは、小笠原諸島全域における日米戦当時の不発弾の処理のためであった。

対戦車隊の場合、本隊はそのまま本土に残し、三個小隊のうちの一個を二、三か月ごとに交代で島へ派遣するというもので、ＭＭＰＭ（Middle range Multi-Purpose missile）一基を備えている。

みずからも定点または機動しながら担任区域の警戒にあたるが、要請があれば、普通科隊員の哨所にも高機動車で飛んでいき支援にあたる。

ＭＭＰＭは、日本語では「中距離多目的誘導弾」と称し、通称チュウタというのはなかなかシャレてはいるが、「中多」と略したものをそのまま読んだにすぎない。

二〇〇九年から調達が始まった純国産のこの武器は、高機動車一両に発射に要するすべての器材が搭載されている。

三名で運用が可能、通常は地面に下ろして設置する必要はないが、敵からの隠蔽掩蔽を考慮して、車両から離して使うこともできるという優れものである。

個別にも運用できるほか、連隊や大隊の指揮統制システム（ReCs）とリンクして、上級部隊からリアルタイムに情報や指示を得て統制的な射撃も可能とする。

車両後部の架台に平らな箱状のキャニスターが据え付けられており、その中に横一列に並んだ六発のミサイルが一発ずつ収納されていて、単発で撃てるほか一秒間隔での連射もできる。

キャニスターは通常水平になっていて、遠めには、ただの小型トラックのようにしか見えない。それが、発射時には誘導弾の頭部が上を、尾部が下を向いて斜めになる。

要するに車列をなして移動しているときなど、敵にはそれが、誘導弾を発射できる車両であることがわかりにくい。

照準はミリ波レーダー、赤外線画像のどちらも可能で、レーザー誘導によって敵の欺瞞や妨害に対しても高い命中率を誇る。

この対戦車隊は、実際には戦車のみならず、装備する誘導弾に付された「多目的」の名称のとおり、海上から着上陸を企図する艦艇や上陸した敵兵に対しても攻撃可能で、射程は八キロメートルにもおよぶ。

レンジャー徽章こそ胸にないとはいえ、常にプレスのきいた迷彩戦闘服を着用し、中肉中背、髪は短く刈りあげ、浅黒く頬の引き締まった典型的な軍人顔をした下士官は、どこから見てもベテランの陸上自衛官そのものだった。

過去どの部隊においても、これまでの勤務成績はいずれも良好で、自衛隊部内で服務事故と称される規律違反も一度もない。性格は実直そのもの、上からの評定も常に陸曹の範たる素質ありとして調査書にも記されるほどである。

三曹昇任後、二〇代のときには一度部内幹候（部内幹部候補生）の試験を上から勧められたこともあった。幹部になると被服や食費が自己負担になるということもあって断ったが、本当は三曹昇任試験のトラウマゆえのことだった。

その車長兼分隊長の森田二曹は、中隊長から島への派遣を命ぜられたとき、内心は不満であふれかえっていたものの、いつものようにそうした感情は少しも表に出さず「わかりました」とだけ短く答えた。

世間からは島流しのごとくに映るかもしれないが、島や僻地の任につかされる自衛官は、むしろ上からの信頼が厚く勤務成績のよい者が多いということは森田も知っていた。

俸給には手当も上乗せされるが、それを使うところもないから二年か三年を我慢して本隊へ戻れば、いくらかまとまった金も手に入ることになる。

だが、それでもどうして自分なのかと、隊歴一五年を超えるベテランの陸曹は納得がいかなかった。

小隊ごとのローテーション配置と聞かされてはいたが、三か月も経てば季節も変わり、その間どこかの街で一度くらいは、ゆっくりくつろぐことができるのかどうかもわからない。

まだ正式に婚約を交わしたわけではなかったが、二人だけで将来結婚を約束した恋人とも、もう三年のつきあいになる。直接そうは言わないものの、相手も三〇歳を目前に、最近は会うたびに、もうそろそろといった感じでアプローチしてくる。

中学高校時代のクラスメートには、すでに立派なおやじになっている者もいるが、若いころには特に転勤が多い自衛官の森田二曹には、なかなかふんぎりがつかなかったのである。

だが、独身でずっと駐屯地での営内居住を余儀なくされてきた中堅の下士官も、妻帯して新居をかまえれば上長からの信頼も増し、また毎日がんじがらめの組織からもいくらか解放されて、いま以上にプライベートの時間を持てるようになるはずだった。

ただ、そうなったらそうなったで、今度は嫁やそのうち子どもとの時間を持つことにも迫られるはずである。

家庭を作ることに自信がないというわけではなかったが、頭や体は長い独身生活にすっかり毒されていた。

森田二曹はこのところ不眠をおぼえるようになり、いったい本当の自分の身の置き場はどこにあるのかと思い悩むことが少なくなかった。そこへ唐突に硫黄島への転勤命令である。

――上は自分のことを、本当に評価してくれているか。それとも、ノーとは言わない自分を、ただいいように使っているだけなのか。

考えてもしかたのないことだったが、特にこの島へと来てからというもの、森田二曹の頭からは常にそのことが離れなかった。

　だがそうしたことは、彼女のことを含めて同僚や別の隊にいる同期にはもちろんのこと、中学高校時代の親友にも、これまで一度も打ちあけたことはない。

　ましてや上官や駐屯地のカウンセラーに相談するなど、もってのほかだった。自分のプライドが許さないというよりも、それは森田にとって、精強な自衛官としてのあるべき姿ではなかった。

「分隊長、なにごとですか！　やっぱりさっきの、海自の」

　島の本部に呼ばれ、上からの指示を受けてきた森田二曹（二等陸曹）に、操縦士兼照準手の藤村三曹（三等陸曹）が訊ねた。

　藤村がいう海自とは、一時間ほど前にこの飛行場に緊急着陸してきた海自機のことだとすぐにわかったものの、森田二曹は、それには答えなかった。実際、本部でも同機のことには特に触れられていない。

「さあ、とにかく警戒を厳にせよと言うだけで、なにがなんやら」

「また、連中（中国軍）が攻めてくるってことですか」

「いやあ、そうとは言ってなかったが、海岸にしろ海にしろ、俺らの警戒区域に不審者を発見するようなことがあれば、すぐ本部に連絡しろって話だ」

　森田二曹のそのしぶい表情と言葉とは対照的に、藤村は自衛官というよりは、まだどこかヤンチャな面持ちを残した一〇歳以上も若い初任の三曹だ。

「またっすか。ゴーストバスターってやつですね」

　上官の顔色をうかがいながらも、ややおどけた口調でそう返した。

藤村は陸上自衛隊生徒出身で、防衛大臣直轄のかつては少年工科学校と称された高等工科学校(高工校)を出ている。

一六歳のころから自衛隊に身を置き一九歳で三曹に昇任後、すぐに一二旅団の対戦車中隊に配属されてまだ一年にしかならない。

例年、筆記試験に身体検査、適性試験等々二〇倍超の競争率を経て採用される自衛隊生徒出身者の多くは、高工校卒業後に防大や航空学生(航学)へ進む者や陸曹を経て部内幹部候補生(部内幹候)として幹部となる。

そのため自衛隊部内ではとかく周囲からエリート視されがちだが、本人たちにはあまりそうしたエリート意識はない。

世の進学校出身者にありがちなそうしたものがまったくないのが、この生徒出身者の特徴ともいえ、どちらかといえば、自由な気概に重きを置くといったところがある。

むろん校内では徹底した上下関係が敷かれ、座学でも訓練でもよくしごかれ、平日は日々睡眠不足に見舞われるような分刻みの日課での行動を余儀なくされるが、そのことを外に持ち出し、他人に強要するようなこともない。

むしろ、たとえシャバ(世間)で自衛隊批判を浴びるようなことがあっても鷹揚に接し、自分の意見をとおすよりもまず聞くことに努め、次の手を考える。

べつにそうした教育が意図しておこなわれているわけではないが、生徒出身者には、なぜかそうした共通点がある。

そのせいか卒業生の半数は、自衛隊を辞めて民間へと転身するくらいである。まれとはいえ、卒業後すぐに一般の大学へ進学して民間企業へ就職したり、なかには医者や大学の教員、政治家になったりという者もいる。

一九九〇年代に、ディスコ「ジュリアナ東京」を立ち上げたのも生徒出身者だ。古くは刑事ドラマで人気を博した故本郷功次郎もその一人であり、テレビでもよく知られる日本初の軍事アナリストと評される著名人もそうである。

うわさではレジェンド尾崎も、といってもゴルファーのほうではなく早逝したロックンローラーのほうだが、彼も合格したものの入校はしなかったという。

一六歳から自衛隊員としての生活を送るほどだから、世間からは自衛官として「純粋培養」された者たちと思われがちだが、実際はその逆で、自衛隊の中にある旧態依然とした体質には、よくも悪くも染まらないというのが生徒出身の自衛官なのだ。

ゆえに自衛隊部内においても、ときには変わり者として見られることもある。藤村三曹も、まさにそうした一人だった。

一年違うだけでも上下関係が異常なくらい厳しい世界を経ていながら、生徒出身でもない歳下の栗林を、部下というよりも弟のようにかわいがる。

それもただ面倒をみるというのではない。たとえば草取りでもペンキ塗りでも、ふつうは下士官のやるようなことではない作業にも、あたり前のように一緒に汗を流すのである。

そのくせ相手が幹部であっても、誰が聞いても筋が通らないようなことに対しては、露骨な反抗心さえ見せはしないものの、「はい」とは言わず、平気で相手の意見を求めるようなところがある。

上も藤村が生徒出身であることを知っているだけに、適当にあしらうこともできず、相手が三曹であっても、たいていはきちんとした説明に応じることになる。

なにしろ生徒出身者の自衛隊部内でのネットワークというのは、防大出身者のそれより密なくらいだ。同窓会の「桜友会」に至っては、卒業していない者でも同期は同期としてあつかうほどの深みと厚みがあり、一般の著名大学や進学校等のそれにさえ見られないほどの絆を有している。

そのうえ、生徒出身者の中にも自衛隊の高級幹部の養成機関である防大を出た幹部もいて、隊の要職に生徒出身の将官や佐官が常にいることを考えれば、現場の部隊の長にしても、そのつながりを有する者を、そうぞんざいにはあつかえないのだ。

むろん、なかには例外もいるとはいえ、そのことを十分に自覚している生徒出身者も、ひとたびこうと決めたら上や部隊が求める結果を出すことに集中し、実際にその結果を出す。

隊で一目置かれるのも、そうした結果主義を世のインテリのごとく理屈で説くのではなく、実際に具現化して示すことができるからでもあった。

一方、分隊長の森田二曹は、まだ自衛官候補生制度が採用される前の一般二等陸海空士（一般二士）の出身で、高校卒業後すぐに受験、合格し、ここまではよかったのだが、入隊後三年めに士長（陸士長）となってからが大変だった。

自衛隊生徒と異なり一般二士の出身者が、士長から定年が保証された三曹へと昇任するには、再度そのための試験を受けて合格しなければならないが、これがまた難関なのだ。

それも超のつく難関といっても過言ではない。一説には、その競争率は一〇〇倍ともいわれ、一般大卒者を対象とした一般幹候の試験にも匹敵する難関中の難関なのである。

そのため初回の受験での合格は奇跡ともいわれるほど厳しく、これに初回、二回で合格するような者は、その後、三曹昇任後に四年経てば受験資格が得られる部内幹候にも受かるであろうといわれるほどだ。

森田二曹が、部内陸曹候補生（部内曹候）の試験を三年がかりの苦労のすえに、ようやく合格して三曹に昇任したのに対して、藤村三曹は高工校卒業後わずか一年で、それも部内の試験を経ることなく自動的に三曹へと昇任している。

とはいえ、年齢だけでなく自衛官としてのキャリアも階級も、藤村よりも森田が上であることに違いはなく、そのことは若い三曹も十分にわかっていた。

「なんだ、藤村、幽霊退治なんか、やってられんてか」

冗談のつもりだったが、語気からはそう感じられなかったのか、藤村三曹は真顔で答えた。

「いいえ、相手が幽霊だろうがなんだろうが、ぶっぱなせるんだったら、なんだっていいです」

「そうか。しかし、こいつ（中多）で幽霊がやれると思うか」

軽く笑顔を見せながらベテランらしく返してくる森田二曹に、藤村三曹がバツの悪そうな顔をしていると、横にいた栗林士長が真顔で口をはさんできた。

二〇一一年から始まった自衛官候補生の出身だが、来年、部内曹候の受験を予定している野心家の若年兵で、藤村三曹より歳下だった。

「いいえ、分隊長、マジ、ここ出るみたいっす。空自の管制の一人が、この前この先の海岸でなんか黒いぼやっとしたのを見たって、何日か前に食堂で言ってました」

二人の部下に困ったものだという顔をしながら、森田二曹は告げた。

「いやあ、幽霊は発砲してこんだろうが、銃を手にした人間は撃ってくることもあるからな。霊だなんだと決めつけず、とにかく警戒中に目の前で動くもの、不審なものがあれば、すべて報告すること、いいな。

　ただいまの時刻一六三七（ヒトロクサンナナ）（午後四時三七分）。今晩は三時間三直でやる。最初に俺が立つ。次、藤村、次、栗林。晩飯がまだの者は、いまのうちに食っとけ、いいな。よし、かかれ！」

　そう言って森田二曹が高機動車の運転席にすわり、双眼鏡を手にして眼前の砂浜から海辺をざっと見渡したときだった。

　――なんだ、あれ。

　砂浜からどれくらいだろうか、おそらく一キロメートルと離れていない海上を、波を蹴立てて走る黒い物体が見えた。おそらくはゴムボートの類いである。

「おーい、待てっ！　おまえら、戻れー戻れっ！」

　森田二曹は、車を離れて隊舎へと向かいつつあった二人を大声で呼び止めた。

　二人は、民間人のように「なに？」と躊躇（ちゅうちょ）することも、一秒たりとも立ち止まることなく、よく訓練された軍用犬や警察犬のように、反射的に駆け足で高機動車へ戻ってきた。

　それとほぼ同時に、本部から高機動車へと無線が入った。

「ロメオ1（ワン）（対戦車隊）、パパ（本部）、警戒区域、前方海上の目標を捕捉せよ、オクレ」

　本部のほうでも、先にレーダーだか監視哨だかで捕捉しているに違いなかった。

「パパ、ロメオ1、了解、前方海上の目標を捕捉する」

　森田二曹はそう返すと、部下の二人にすかさず命じた。

「聞いたとおり、本番だ。かかれ！」

森田二曹が射撃指揮用のラップトップを操作する間に、藤村三曹と栗林士長は、すべての準備を短時間に終えて完了した旨を、分隊長へと告げてきた。

「了解。いいか、準備だけではすまん場合もありうる。安全装置、発射の後炎その他に注意、二人とも心して構えとけっ！」

部下にそう告げてから、森田二曹が準備完了を本部に告げると本部からは即座に返事があった。

「ロメオ1、パパ、前方海上の目標を攻撃、誘導弾発射せよ。繰り返す。ロメオ1は前方海上の目標を攻撃、ただちに誘導弾を発射、オクレ」

「パパ、こちらロメオ1、これより前方海上の目標を攻撃する、オワリ」

「誘導弾、発射よーいよし！」

「照準よし！」

二人の部下がヘッドセットを通じて告げてくる。照準器は誘導弾が収められた発射機を兼ねたキャニスターのある高機動車から離して置かれる。もちろん、三名とも高機動車から離れてそれぞれの位置につく。誘導弾の万一の誤爆や高機動車に向けての敵からの反撃に備えての措置である。

「発射！」

森田二曹が誘導弾を発射すると、全国産のハイテク多目的誘導弾は、目標を正確に捉えただけでなく見事に命中した。

――だが、あれはいったいなんだったんだ。まさか味方のはずはないと思うが、命令とはいえ、実弾発射に問題はなかったんだろうな。

熟練分隊長のその疑問は、若い二人の部下にしても同じに違いなかった。

誘導弾が命中すると同時に、目標は一度爆発してから炎上した。

おそらく、ボートのエンジンか燃料タンクに引火したのだろう。人が何人いたかはわからないが、命中するまで気づかずそこにいたとしたら、生きている者はいないはずである。

そう思った瞬間、森田二曹はなぜか、自分が自分でないような気がした。頭が自分という人間を否定している、そんな感じである。

訓練では一度も経験したことのないその突然の感覚に、森田二曹はわずかにうろたえそうになる自分を懸命に制した。

「命中っ！　目標を破壊、目標は炎上中」

照準手の藤村三曹が告げてくる。

すべては訓練どおりに事が運び、訓練と同じように見事な結果をあげた。

だが、いま森田二曹のなかには別な自分がいて、そのもう一人の自分がしきりに納得がいかないと言う。

「分隊長、やりましたね！」

藤村三曹が嬉々とした声でそう重ねてきたとき、森田二曹は、それまで抑えていたものが一気に噴きだした。本部への報告も怠るようにして、なにも言わずヘッドセットを脱ぎ捨て、若い部下のもとへと走り寄った。

そして、海岸中に響くかと思われるほど声を荒らげ、どやしつけた。

「おい、藤村あっ！　おまえ、喜んでるのか。おい、そうなのかっ！」

走ってくる分隊長を見て、自分以上に喜んでいると思ったのか、最初は、にやけた顔で迎えた若い三曹の顔がハッとなって不動の姿勢をとるのがわかった。

それでも森田二曹は我慢できなかった。

――自分は高校の成績も中くらいで、家には病気がちの父親もいて、行きたかった大学にも行けなかった。

防大（防衛大学校）なんて夢の夢で、曹候（一般曹候補生）にも落ちて一般二士から入隊したが、三曹になるのも一発合格というわけじゃなかった。

それでも上や同期からは、コツコツと物事をやり遂げるまじめで信頼できる人間と評され、それに応えようとそれなりに努力してきたつもりだ。

だが、こいつ（藤村）はなんだ。二〇歳前にあたり前のように三曹に昇任して、そのことをあたり前のように思っている生徒あがりのエリートのくせに、そんな感じは微塵もみせず、なにごとも要領よくこなして飄々（ひょうひょう）としている。

それなりにエリート面でもしてくれりゃあ、こっちもガツンと一発かまして、ここ（自衛隊）じゃ、経歴よりも経験が物をいうんだと叩きこんでやれるというのに、こいつは違うじゃないか。

なんで、上はこういうやつと一緒にして、この俺を、しかもこんな孤島なんかに……。

これまでずっと堪（こら）えていた思いが、とめどなくあふれてきて、森田二曹は、もはや自分では感情を制御できなくなっていることがわかった。

いまの時代に、部下への鉄拳制裁はご法度どころか、暴行罪で逮捕されることになるのは承知していたが、森田二曹は突然、若い部下の戦闘服の胸ぐらをつかみ、右の拳（こぶし）で殴りかかろうとした。

「やめてくださいっ、分隊長！」

いつの間にか近くにいた栗林士長が、そう言いながら脇からその手を取って制した。

彼の行動には、先輩の藤村を守るということだけでなく、自分の分隊長を暴行罪や傷害罪で警務隊に渡したくないという思いが込められていた。

いずれにしろ、若い士長のとっさの判断が功を奏したのか、「規律の厳守」が染みついていた熟練の二曹は一瞬我にかえると、次にはその場に両手をついて膝からがっくりと崩れ落ち、両肩を震わせて嗚咽（おえつ）し始めた。

――くそっ、くそっ！　これだけがんばってきたというのに、俺は人殺しということで起訴されてしまうのか。

　これは、命令だった。命令で発射したんだぞっ！　それでも、あれがもしかして民間人、いや味方だったら……。

　いや、それがどこの国の誰だろうが、俺はこんな島に来て、たぶん人を殺してしまった。いや、殺してしまったんだ。

　そうやって感情がいっぺんに表に出たあと、森田二曹は次には、自分はいったいこんなところで何をしているのだろうと妙な感覚に襲われながら、おもむろに両膝を両腕で抱えるようにして砂地へすわり、ぼんやりと沖を眺めるのだった。

「分隊長、分隊長っ、だいじょうぶですか。しっかりしてください」

「分隊長、本部への報告を願います」

　自分の肩に手をおいて、二人の部下が交互にそう告げているのは、はっきりとわかったが、しかしそのときの森田二曹は、もはやひとことも発することができなくなっていた。

再び
同日午後
硫黄島沖上空
海自第五一二飛行隊Ｐ‐１哨戒機

　第五一二飛行隊、コールサイン・キングフィッシャー０１（ジィロワン）のＰ‐１は、レーダーで目標を探知してからすでに二時間が経とうとしていた。

「パッシブブイの状況、知らせ」

中原三佐は、MCの集中を切らさないようにするため、あえてそう告げた。

「パッシブ、ノーマル」

MCからは予期していたとおりの答えしか返ってこなかったが、それでも中原三佐は、まだこの海域のどこかに正体不明の潜水艦が潜んでいると確信していた。

レーダー・コンタクト（レーダー探知）が短時間であったということは、それが小型の船舶や海上を漂う浮標の類いではなく、潜水艦のスノーケルか潜望鏡であった可能性が高いことを意味する。

最新鋭機とはいっても機上のレーダーで探知できるのは、航空機のほかはやはり水上艦のような海上にある目標だけだ。

しかし潜水艦も、艦体は海中に没していてもスノーケル航行中には、そのスノーケルがわずかに海面から突き出ていることから、これがレーダーにかかることがある。あるいは、潜望鏡を上げている場合もそうだ。

潜航したまま外気を艦内へと導き、逆に艦内の排気を大気中へと放出するスノーケルは、原子力潜水艦と違ってディーゼル機関を主機とする現代の通常動力型潜水艦には、なくてはならない装置である。

ドイツ式には鼻を意味するシュノーケル(schnorchel)だが、英米表記ではsnorkelと記されることが多く、海自では後者の発音のスノーケルが使われている。

スノーケルのアイデア自体は古くからあったが、二〇世紀に入りオランダ海軍で実用化されたものの、可潜艦時代初期の潜水艦の多くは未装備であった。

それがUボートで名をはせたドイツ海軍の潜水艦隊で改良され、本格的に採用されるようになって以降、世界的な普及をみることになった。

ディーゼル・エレクトリックの通常動力型潜水艦は、潜航中は基本的に蓄電池でモーターをまわして航行する。だが、この蓄電池には容量にかぎりがあるため、作戦行動中でも充電を余儀なくされることがある。

このとき、潜水艦が浮上して艦体を海上にさらすと、それだけ敵に発見されやすくなる。そこでスノーケルだけを海上に突き出し、できるだけ敵に発見されないようにしながら、主機を発動して航行するのだ。

これだと海上から出ているスノーケルの先端自体はわずかであることから、艦体が海上にあるときよりもレーダー探知されにくいというわけである。

しかし、兵器というのは常にイタチごっこを避けられない。現代のレーダーはスノーケルの先端ほどであっても、高い確率でこれを探知することができる。

むろん、潜水艦もそれを知っている。哨戒機や水上艦から発せられたレーダー波（電波）を、自艦のＥＳＭ（電子支援対策）によって知ることができるため、相手にレーダー探知されたことがわかった時点で、すぐにスノーケルや潜望鏡を止めて緊急潜航に入る。

そうなると、探知、捜索にあたる哨戒機や水上艦は、そこから先はレーダーでは探知できないため、ソーナー（水中探信儀）やハイドロフォン（水中聴音機）に頼らざるをえない。

ハイドロフォンは、ソーナーより技術面でも運用面でも簡便ながら、艦外の音をひろう、いわば高性能な「機械の耳」にすぎないため、敵艦のみならず海の中の様々な音をひろってくる。

つまり、それが何の音かを聞き分けて識別するには、オペレーターすなわち人間の経験や勘、練度が大きく関わってくる。

これに対してソーナーでは音を周波数、つまり信号、データとしてあつかうことで電気的に処理し、現代ではコンピュータを介して周波数の特徴や成分を探る。これにより音源が何であるのか、またどの方向からやってきたのかを知ることができる。

そのため平時に、他国の潜水艦や水上艦の発する様々な音（エンジン音、スクリュー音、航行中の艦と水の摩擦音など）をソーナーでひろって他の情報とともにデータベース化しておけば、次にソーナーでその音をひろったとき、そのデータベースと照合することによって、音を発した目標の艦種や艦型、場合によっては艦名まで瞬時にわかるようになる。

ただそうはいっても、コンピュータの識別にも限界があるため、ハイドロフォン全盛の時代と同様、いまなお人間の耳で音を聴くこともおこなわれている。

こうしたことから、この二つは現代では複合ソーナーとして統合されデジタル化されており、ひろった音をデータとして電算的に分析することも、アナログの音としてヘッドセットやスピーカーを通して聴くことのどちらもできる。

むろんその性能や仕様は、どこの国の軍でも機密あつかいとなっている。だが、そんなソーナーによる敵潜水艦の探知や捕捉も、なお万全とはいえず、パソコンやテレビゲームのように、こちらの都合よく事が運ぶというわけにはいかない。

哨戒機としてそれまでのP‐3Cをしのぐ最新のP‐1といえども、潜水艦の探知、捜索はそう簡単なことではなかった。

パッシブソーナーの場合は、海中の音を信号としてただひろうだけなので、場合によっては、相手にはこちらがソーナーによって捜索していると いうこと自体が気づかれずにすむこともある。

その反面、もし相手が航走をやめたり、浅い海底に沈座したりして音を発しない場合はその間、パッシブソーナーでは探知できない状態が続く。

最初に目標と触接した時点で正確な位置を割り出すことができればしめたものだが、相手も必死なのだ。

哨戒機にしろ護衛艦のような水上艦にしろ、敵潜水艦の探知から捜索、そして位置の標定までには、ときに半日を要するようなこともある。

基地と現場海域を往復しながら二日三日とかけて、捜索したり監視したりということもめずらしくない。

いずれにしろ、位置がわからなければ攻撃のしようがないためにＡＳＷ（Anti-submarine warfare）、すなわち対潜水艦戦において、それは必然的に哨戒機側の負けを意味することになる。

むろん平時においては、おおよその潜伏場所がわかれば、パッシブソーナーとともに投下したアクティブソーナーからピン（探信音）を何度も発して「いるのはわかっているぞ！　位置を割り出すのは時間の問題だ」といわんばかりに威嚇し、領海内にいる国籍不明艦や領海に近づきつつある同潜水艦を追い払うことも可能だ。

いや、アクティブソーナーは、そのピン一発だけで、たちどころに敵の位置が判明することもある。

このアクティブソーナーは、電波の空中伝搬を利用したレーダーと同じく、音波の水中伝搬を利用した「探知機」である。こちらからある種の音波を発し、それが目標にあたって反射したものをひろうことによって、目標の距離や方位を割り出す。

お互いに姿の見えない潜水艦同士の戦いでは、敵の位置を知るためこちらが一度アクティブソーナーを打てば、敵にもこちらの位置が暴露するため、そう何度も打つようなことはしない。

たいていは一発打って敵艦の位置が判明するやいなや、先に魚雷攻撃をしかける。それは水上艦や哨戒機の場合であっても同じである。

「パッシブブイ、コンタクト……目標、潜水艦らしいっ！」

ずっと静寂と緊張の中にあった機内に、水上艦に見られる騒々しさや熱気、活気とはまた異なる独特の空気が流れ、ある種の期待がクルーの間に共有されていく。

レーダーで最初に捕捉、その後ソノブイを各所に敷設してから、およそ二時間後のことだった。

MCからその報告を受けて、中原三佐はすぐに敵味方の識別と、さらなる動静についてMCに報告を求めた。

「明型潜水艦らしい！」

――はあ？　なんで中国の潜水艦が日本の領海内で動いてるんだ。

MCのやや緊張を帯びた言葉に、中原三佐もわずかにアドレナリンが走った感覚を上半身いっぱいにおぼえたものの、それは顔にも口にも出さず機長へと冷静に告げた。

「機長、TACCO1、中国の潜水艦を捕捉。このままホーミング、追尾を続け、以後の対処について基地の指示を求めます」

「TACCO1、機長、了解。オールクルー、これよりホーミングに入る」

機長のその言葉に各クルーが確認の意、すなわち了解の旨をお決まりの一言ながら、そこに「やりましょう」との熱意を示すかのごとく次々に返した。

「TACCO1」

「TACCO2」

「MC」

P-1は潜水艦追尾のため、高度を二〇〇メートルあたりまで落としていた。

目標は北硫黄島の南五キロメートルと離れていない海中に身を潜めていたようだが、再び動きだしたことがソーナーではっきりとわかった。

「機長、TACCO1。基地からこの海域に味方の水上艦を送る、そのまま目標の追尾を続行との指示を受領しました」

中原三佐が告げる。

「TACCO1、機長、了解」

機長がそう言い終えないうちに、MCがややうわずった声で発した。

「SAM、ミサイル、一時の方向、距離近い！」

ほぼ同時に機内のミサイル警報音が鳴った。

「了解」

機長が返したのはそれだけで、機は突然、やや機首を上げて左に急旋回を始める。

クルー全員に大きなG（重力）がかかり、次に機が加速に入り、すぐに機長が発する。

「フレア発射」

中原三佐の目にも、花火のような幾筋もの白線とオレンジ色の火がバラバラと機外に放たれるのが見てとれた。

だが、すぐにまたMCが告げる。

「別のミサイル、三時半、近い！」

機が再び回避を始めようとしてバンク（旋回）をとったときだった。機の尾部のほうで一度鈍い衝撃音がしたかと思うと、いくつかのアラームが鳴り始め、急にガタガタと機体が震え出した。

数秒ほどでその震えは収まったものの、今度は機体がシケの海をいく船のように、ゆっくりと揺れ始める。

――まさか、(ミサイルが)当たったのか。だが、どこから？　海にそれらしき艦船はいなかった。だったら敵機の長距離空対空ミサイル？　いや違うだろう。潜水艦の浮上も、誰も確認していないはずだが……。

中原三佐には次々と疑問がわいたが、操縦は機長と副操縦士に委ねるしかない。ＦＥの二尉が尾翼の異常を機長へと告げている。

それでも機長をはじめ、みながそうたいしたことはないといったふうに、つとに冷静であることがわかる。

「オールクルー、機長、本機の尾翼はミサイルによって被弾したものと思われる。これより硫黄島飛行場へと向かい緊急着陸する」

機長の声もこれまでと変わらず、いたって落ち着いているように中原三佐には思えた。

操縦に集中する機長に代わって、副操縦士が硫黄島の管制と日本語を使った無線でやりとりをしている。

機長の腕はたしかだった。

もちろん、ハイテクの機に搭載されたコンピュータも急な機の異常に即応して、極力安定した飛行ができるよう機能したのであろうが、それも機長の腕がともなってのことだ。

クルーの一人が確認すると、右の水平尾翼が焦げて煙をなびかせており、一部が欠けているのがわかった。

それでもこの純国産のハイテク機は、ほぼ通常と変わらないようにして島の飛行場へと着陸した。

――ミサイルは、どこから発射されたんだ！

上の調査に際して、戦術航空士の中原三佐が意見を求められるのは間違いなかったが、ミステリー小説に記されるようなその最大の謎を解き明かす鍵すらも、いまの三佐は持ち合わせていなかった。

第2章
海自ツインブロス

二〇一九年一二月八日
竹島（島根県）の北西一〇〇キロメートル沖
海自DD-115「あきづき」

半年前の日中間の軍事衝突は、当初は「6・3（ロクテンサン）0（ゼロ）日中紛争」と称されていた。

しかし、生起された事態が事件か紛争か局地戦か何であったかに関係なく、日本の領土領空領海を守る自衛戦であったとの見解を政府が示したときから、公式の名称は「南西防衛戦」ということになった。

その南西防衛戦の最初の火花を、日中両国はこの竹島の沖で散らすことになったとはいえ、再びそのような状況を生まないことを、当時すでに海自護衛艦「あきづき」の砲雷長であった中原三佐は願っていた。

いや、それは中原三佐だけでなく、艦長はじめ乗組員（クルー）の全員に通ずる思いに違いなかった。

当時、中国軍の侵攻に対処する鎮西作戦に参加したほとんどの陸海空三自の自衛隊員は、うそいつわりなく、身を挺しての任務の完遂に熱く燃えていたのである。

だが、それから一か月がすぎ二か月がすぎて、彼我の損害状況が具体的な数字として明らかになってくると、隊員らのなかにも疑問や不安を持つ者が少なからず生じるようになっていた。

そもそも、有事発生前に自衛官を志した者の多くは、なんの保証もないにもかかわらず、自分が自衛官である間は、その有事が生起されないであろうとの思いを強く持っていた。

実戦さながらの訓練や演習に参加するようなことはあっても、戦地に行くこともなければ、敵弾に当たって死ぬめにあうようなことはないはずだと。

むしろ、自分たちの存在は有事を生起させないためにあるのだ、抑止力として存在するのだとの一種の強い信念を持って入隊し、勤務する者のほうが多かったのである。

むろん中原三佐も、そんないわば楽観的な思いで自衛官を志した者の一人だった。それは自分よりも一足先に同じ海自に入隊したTwin bros(ツインブロス)、双子の弟にしても同じであった。

大学卒業後、一般幹部候補生(一般幹候・幹候生)を経て幹部になった中原三佐は艦艇要員となったが、弟は高卒後に海自の航空学生へと進み、飛行機乗りになった。いまでは三等海佐となってともに肩を並べ、艦と航空機の違いはあるにしても、幹部としてともに上の部類に入る。

陸でも海でも空でも三佐以上、すなわち佐官クラス以上になると、防秘案件に数多く携わることになるため、全自衛隊内ではもちろんのこと、部隊内でも秘についての管理責任が強く求められることになる。

たとえ同じ部隊や艦にいる幹部間であっても、それぞれの部署や専門が違えば、自分が知りえた秘に関する事項について、安易に話したり漏らしたりといったことも禁じられている。

だから、いくら弟であり同じ幹部であるといっても中原三佐が、弟に配属されている航空隊のあれこれを聞くようなことはなかった。

それは弟の側も同じだ。

「あきづき」の行動予定や同艦が所属する第五護衛隊がどういう艦隊なのかといったことを、ごくまれに実家に帰省して会ったり、あるいは年に一度か二度、なにかの用で携帯電話を交わしたりといったときにも話すようなことはなかった。

むろん、お互いの所属くらいは知っているが、そもそもプライベートで仕事について語るようなことはない。

話すとしても、せいぜい融通の利かない上官がどうの、要領を得ない部下がどうのと、街なかの会社員と変わらないグチか、それですらないような与太話くらいのものだ。

だがこの秋、祖父の法要のため三年か四年ぶりに長崎の実家で会ったときの弟は、さらに口数が少なくなっているように中原三佐には感じられた。

それがおそらく今夏の南西防衛戦において、仮想仮設の目標やシミュレーションではなしに、現実の人間が操艦する潜水艦を、弟たち第五一二飛行隊の哨戒機が沈めたのと関係があるに違いないことも、中原三佐はうすうす気づいていた。

一卵性双生児の多くにそうしたことがあるのかどうかは知らないが、中原三佐は子どものころから、たとえ物理的な距離があっても、お互いの置かれた状況や心のうちが読めるといったことを、これまで何度か経験していた。

たとえば小学校の低学年のころ、友だちの家にひとりで遊びに行く途中、中原三佐は歩道を歩いていて暴走した車に轢(ひ)かれそうになったが、車が向かってくる少し前に、そこにいるはずのない弟の「隆志(たかし)にいちゃん、危ない!」という声をはっきりと耳にしたことでその車に気づき、間一髪で難を逃れることができた。

逆に弟も中学時代、友人と予定していた山登りの当日、登山道の入口で妙な胸騒ぎをおぼえ、登るかどうかその友人と決めかねていたところ「隆大、行くな」と、そこにいるはずのない兄の自分の声が突然聞こえてきて気味が悪くなり、そのまま引き返したということがあった。

そしてその日の午後、山では二、三日前まで降り続いた雨の影響と思われる急な崖崩れが発生し、落石によって数名の登山客が死傷したのである。

おそらく、中国艦撃沈のあとに弟の隆大がずっと考えていることは、敵であるとはいえ、結果的に自分たちの手で、顔も見たことのない他国の人間を、それも一人二人ではない多くの人間を葬ってしまったということなのだろうと、中原三佐は考えていた。

それも自責や後悔の念というよりは、はたして自分たちは、本当にああするしかなかったのか、あれが最善の手立てだったのかといった問いなのであろうと。

だが、中国軍との交戦で相手と直接やりあったという点では、中原三佐もまた同じだった。

「対空戦闘、主砲、短ＳＡＭ、攻撃始め！」

忘れもしない六月三〇日の夜、尖閣諸島等への中国軍の侵攻に対処すべく発動された「鎮西作戦」において、「あきづき」はその先鋒となった。

そのとき大正島（尖閣諸島）の南一〇〇キロメートル沖で哨戒中の「あきづき」は、突如、敵機による対艦ミサイル攻撃を受けた。

「目標探知、三〇度、目標は敵機と思われる。本艦へと突っ込んでくる」

戦闘指揮所（ＣＩＣ）で、電測員の報告を受けた中原三佐は、それまで何度も訓練でやってきたとおり即座に応じて、必要な指示を出した。

砲雷長は主砲、魚雷、対艦対空ミサイル等々、艦の装備する武器を統制するトップだが、ほかに副長や船務長同様、当直に際して艦長を補佐する役を負う。

補佐とはいうが、実際には適宜、艦長の許可や命令を得るかたちで戦闘その他の指揮をとる。重要な局面や艦長の判断が事態を大きく左右するような場合では「艦長指揮」を発して、艦長が直接各部署や科員へと指示、命令を出すこともあるが、だいたいは副長、砲雷長、船務長のいずれかが指揮にあたる。

というのも艦において、このいずれも三佐クラスの各長は将来艦長となるべく、いわば艦長見習いといった立場にあるからだ。

海自の艦長は多くの場合、旧軍や諸外国軍の中佐に相当する二佐があてられるが、万一、戦闘や事故その他に際して艦長戦死あるいは艦長不在といった状況下では、一つ下の三佐が艦長代理としてその責を負うことになる。

実際には次階級の最先任があたるというのが、旧海軍以来の決まりごとのようにもなっているが、副長、砲雷長、船務長は、もとよりそのような補職として配置されている。

むろん平時では考えにくいが、しかし過去の戦争が示すように、有事においては敵の攻撃によって艦長が戦死することはあり得る。

そのため平時からそうした場合にも対処できるよう、いまの時代でもそれを前提とした訓練がおこなわれている。

結果的に中原三佐は見事に艦長を補佐して、敵機からの難を逃れたものの、実際には非常に危うい状況に直面していた。

艦のレーダーが最初に捕捉したのは、敵機から放たれた対艦ミサイルであり、これを迎撃するのに中原三佐は、はじめにＥＡ（Electronic Attack）を選択した。

これは飛来する敵ミサイルに対して艦から強力な妨害電波を発し、ミサイルの指向を誤らせ、命中できないようにする現代戦ならではの電波攻撃の一種である。

ところが現代のミサイルには、そうした妨害も想定して開発されたものもあり、必ずしもＥＡが功を奏するとはかぎらない。

敵ミサイルは、なおも自艦（あきづき）を指向してきた。そこで、次に中原三佐は短ＳＡＭでの迎撃を指示した。ＳＡＭはShip to Air Missileの頭文字を取った略語だが、これは防空用の短距離艦対空ミサイルである。

しかし、それでも敵ミサイルを迎撃することはできなかったのである。

幸い最後は主砲の連射で落とすことができたが、もしそれも失敗ということになると、あとは近接防御システム・ファランクス頼みということになる。回転する多銃身機関砲で弾の網を張り、ミサイルの弾着数秒前というぎりぎりのところで粉砕するのだ。

「あきづき」は、この防空性能に最大の特徴を有する艦でもあった。

米軍開発のシステムを採用するイージス艦ほどではないとはいえ、「あきづき」には、国産のハイテク・システムによって自艦のみならず他艦、僚艦の防空をも手がけることが可能な性能を有している。

短ＳＡＭ自体は、それまでの護衛艦にも装備されていたが「あきづき」のそれは、ミサイル自体にも改良が施されており、また複数の目標に同時に対処できる国産の射撃管制システムＦＣＳ‐３Ａが装備されている。

イージス艦同様に、複数の目標に同時に対処できるということからミニイージスと称されることもある「あきづき」は、もとは従来の汎用護衛艦の発展型として開発、建造されたものだ。

　全長約一五〇メートル、全幅約一八メートル、基準排水量約五〇〇〇トンは、昭和の時代なら海自では大型艦の部類に入ったが、すでに基準排水量二万トンにもなる旧海軍の空母なみの護衛艦も存在する現代において、あえて諸外国海軍のそれに置き換えれば、やや大きめながらも駆逐艦の域を超えない。

　ハイテク艦とはいっても、現代海自の護衛艦の一隻にすぎず、その性能がいかんなく発揮されるかどうかは、すべて人による。要は、クルーの練度にかかっている。

　しかし、あの戦いまでは、たしかに艦長以下みなが大なり小なり護衛艦乗りとしての自覚や気概めいたものを持っていたように思うが、それが初の実戦を経験してからというもの、どうもクルーの間にも大きな温度差がみられるのだ。

　事実、事態終息後に鎮西作戦の終了が告げられ、さらに一か月を過ぎて第三種非常勤務体制も解除され、いわば事態発生前の状態に落ちついてからは、若い海士のみならず、定年が約束された海曹や幹部にまで退職を希望する者が続出した。

　というのも、自衛隊法の第五六条、五七条ほかにおいて、隊員は「犯罪命令」以外の命令には、その命令が解除されるまで回避したり拒否したりできないからだった。

　つまり、実戦後さっさと辞めたいと思う隊員が多数いたが、服務規則ゆえに命令が解除されるまで耐えていたということなのだ。

　それは「あきづき」のように実戦を経験した部隊にかぎらず、陸海空三自全体に共通していた。

　その数は全自衛官の一割にまでは満たなかったものの、この半年で陸海空合わせて一万人にも達しようかという勢いだった。

そのため各部隊の長や責任者は本来の職務よりも、退職を希望する隊員たちを慰留することに多くの時間が割かれていた。

弾道ミサイル対処のための破壊措置命令のごとく、常に防衛出動待機命令を出しておけばよいのではないかとの声も隊内から上がっていたが、それはそれで、また別の問題が生ずるおそれがあった。

一つは、そのために必要な組織の体制を維持し続けなければならず、隊員の疲労や部隊の移動、配置にも配慮しなければならないということがあった。

それに万一、訴訟ざたにでもなれば、憲法に記載のない自衛隊を規定した自衛隊法そのものが無効であるとの主張がなされないともかぎらない。そうなれば、最悪は自衛隊の合憲違憲を問う裁判へと発展しかねない。

そもそも、仮に隊員が命令不服従におよんだとしても、自衛隊法の第百二十二条は「――防衛出動命令を受けた者で、次の各号のいずれかに該当するものは、七年以下の懲役又は禁錮に処する」として、その「三」には「上官の職務上の命令に反抗し、又はこれに服従しない者」との記載があるだけで、死ぬより懲役のほうがましだと考えるような人間には、ほとんど抑止効果はない。

自衛隊には、旧軍や米英軍のごとく軍事裁判の制度もない。万が一、戦闘中に恐れをなした隊員が、上官の命令に従うことなく敵前で逃亡するようなことがあっても、死刑だの銃殺だの重い労役が課されるといったこともない。

むろん、防衛省も有事が生起された後の隊員の流出をまったく考えていないわけではなかった。

過去から続く予備自衛官（予備自）制度の充実

をはじめ、有事の際に招集可能な即応予備自衛官（即応予備自）の整備、さらには有事の際に手薄になる後方支援を補完すべく、おもに自衛隊未経験の一般社会人や学生を対象とした予備自衛官補の制度も新設していたのである。

このうち、もっとも期待されるのが即応予備自だった。同じ予備でも即応については、自衛官経験者のうち、災害や有事の際ただちに所定の現役部隊に組み込まれて現役とともに行動するといったことを、自衛隊退職時にみずから希望した者だけで登録されている。

したがって、その訓練招集の期間も予備自の年平均五日間に対して、年三〇日間にもおよぶ。

予備自も基本的には元自衛官を対象とした志願制であることには変わりないが、ただ予備自の場合には、招集されても即応予備自のように即第一線部隊に配属されて戦闘の任につくとはかぎらず、だいたいは後方支援面での配置が前提となっている。

自衛官出身ではないながら、短期の基礎的な訓練を修了したのちに、予備自衛官として登録される予備自補も同様である。

即応予備自約八〇〇〇名、予備自約四万八〇〇〇名（実勢約三万二〇〇〇名）という定数からすれば、現役から急に一万名程度抜けたとしても、この数字を見るかぎりでは十分補完できることになるが、現実はそうではなかった。

即応予備自は、平時において現役ではないというだけで、はなから部隊の定数として見なされており、しかもその大部分は陸自の要員である。予備自にしても、実勢三万二〇〇〇名のうち、海空自はそれぞれ六〇〇名にも満たないのだ。

したがって海空自の、それも一度に数百数千にもおよぶ中堅やベテラン隊員の抜けたあとの穴埋めというのは、仮に予備のすべてを投入したとしても絶対的な不足をみることになる。

少なくとも一〇〇〇名はほしい。そうした防衛省、海空自の願いは、たしかに定数として示されてはいても、これまで実際の充足率は、その六割にも満たなかった。

そして「あきづき」からも、わずかこの半年で八名の隊員が退職を願い出て、半分の四名はすでに艦を下り、司令部付となっていた。

そのなかには、中原三佐が最後まで慰留した船務士の一尉もいた。

本来、船務士の上長は船務長だが、防大出の船務長よりも、同じように一般の大学を卒業後、一般幹候を経て幹部になった中原三佐のほうがなにかと話しやすかったのか、乗艦直後からよく声をかけてきた。

砲雷科が大砲屋なら、船務科は電気屋である。CICや通信、船用電子機器等々を受け持ち、各種のシステムにも精通しており、どちらかといえばインテリ系ということになるだろう。

むろん、現代の艦は大砲屋もまたシステムとは無縁ではなく、FCSつまり射撃管制は、その最たるものといえる。

海にかぎらないが、自衛隊では隊員の職種や配属先を決定する際、本人の意向のほかに適性検査や性格検査等も同じように重視する。いや、むしろ検査の結果を重くみる傾向が強いといえるかもしれない。

つまり客観的な向き不向きを考慮して、陸自では職種、海空自では術科、そして配属先を決定するのである。

よくよく話を聞けば、その船務士は幹部候補生のころには、経理補給関係を希望していたのだという。ゆくゆくは会計士か税理士の資格を取りたかったのだと。

もともと彼は大学時代に自衛隊の幹部候補生を第一志望としていたわけではなく、行政職関係の国家公務員、地方公務員を目指していたようだった。しかしどちらも採用とはならず、就職浪人というのも気がひけて、たまたま受かった幹候へ進んだというわけである。

経済学部の出身で、それまで理工系の知識はなく、にもかかわらず海自に入って以降、電気だの数学だの物理だのにふれることになり、その時点からすでに相当にストレスがたまっていたようだが、著名大学の出身だけあって成績はそう悪くはなさそうだった。

しかし、本人は基地か司令部あたりでデスクワークをするつもりが、最初から艦艇勤務へとまわされ、幹部ゆえこの艦も二、三年で転勤になるということは承知していても、三尉、二尉時代まではできた辛抱我慢が、ここにきてすでに限界に達しつつあったのだと告白した。

要するに実戦を経験する前から、もう無理だ、辞めたいとの思いが彼にはあったのだろう。

そのことは中原三佐にも理解できないわけではなかった。会計士、税理士といったしっかりとした目標があるのなら、二〇代後半のいまのうちに転職して、勉強し直すのも一つの手であろうとも思う。

まあその間、いったいどうやって食っていくのかは知らないが、しかしそれだけの覚悟があるのなら、資格を取るまでの間はプライドもなにも捨てて、たとえばコンビニやカラオケ店で、口やかましい店長や慣れた高校生のアルバイトにあごで使われながら働くこともできるだろう。

あるいは親もとへと帰り、とっくに二〇歳を超えた身であっても、そのすねをかじりつつ、中学生か高校生のように、二年三年と勉強の日々を送るのかもしれない。

むろん、すでに自衛官であることが天職というか天命のごとくに感じている中原三佐には、とてもそういう真似はできないと思うが、自衛官としていくら彼の上に立つ人間といっても、そうした他人の人生をとやかく言う権利も筋あいもない。

しかし、それならこの船務士は、なぜ最初から、つまり大学を出た時点からそうは考えなかったのか、そうはしなかったのか。そこのところが中原三佐には、どうも理解できなかった。

自衛官を志せば、必ずしも自分の希望がかなうとはかぎらないくらいのけじめというか考えは持てたはずなのだ。

そのことに自分よりもまだ若い彼が、はたして気づいているのかどうか、中原三佐には確信が持てなかったのである。

慰留したのには、たしかに艦の人手が足りなくなるといった事情もあったが、それ以上に彼をこのまま辞めさせていいのかという腹が、自分のなかで決まらなかったからでもある。

だが、結果的に船務士は艦を下りた。

いまとなっては彼の夢が実現できるよう、ただ願うばかりだが、隆大と次に話す機会があれば、いまの思いをもう少しうまくわかってやれるのではないか、兄貴として実のある助言ができるのではないかと、中原三佐はこのところ、なぜかそう思わずにはいられなかった。

隆大も自分も実戦に臨み、結果的にともに敵である人間の命を奪うことになった。

——しかし、隆大たち第五一二飛行隊のクルーが、その直前まで自分の耳で、たんなる音とはいえ敵潜水艦の動きをつぶさに聴いていたのに対して、自分たち「あきづき」のクルーは、ただレーダーのブリップ（輝点）、信号として敵機を捉えていたにすぎない。

それに自分たちには、敵機の先制攻撃から自艦を守るため、やむなくそうせざるをえなかったとの言い訳も、国が「専守防衛」を掲げている以上は成立するだろう。そして、そのための敵の犠牲も、搭乗員の一名か二名の最小限で抑えることに努めたと。

だが隆大たちは、味方の護衛艦と対峙した敵潜水艦を、味方がやられた後で沈めることになった。敵の死者は、おそらく六〇名、いや八〇名にもなるかもしれない。

むろん、それは戦時国際法、日本国憲法、自衛隊法、自衛隊服務規定のいずれにも反しない、その時点で必要な措置として、認められてしかるべきおこないだったのである。

それでも法や戦いの意義だの大義だのといったことには関係なく、彼らがそうした自分たちの行動に疑問とまではいかずとも、どこか釈然としない思いを持ったとしても不思議ではないだろう。

それが戦争であれ、あるいは正当防衛であれ、人が人を殺すということは、たとえ戦いのさなかであったとしても、けっして慣れてよいこと、軽視されてよいことではないのだから――。

中原三佐にはそうした信念があった。隆大にしても同じであろうと思う。

いや、それは自分たち自衛官兄弟にかぎったことではなく、自衛隊創設以来、いつの時代の自衛官も、そのことを徹底して叩き込まれてきたのである。

そういうこと（犠牲）が起こらないようにするために、起こさせないために自分たちは存在するとの自負心を持つ者こそが、真の自衛官であるとの思いを、これまで多くの自衛官、自衛隊員が有していたのだ。

だが、それは起きた。自分たちが起こしたことではなかったが、不幸にも現実に起きてしまった。

この半年の間に退職を申し出た陸海空自衛官のなかには、この先まだ起こるかもしれない実戦に対する恐怖や不安からではなく、無力感に苛（さいな）まれ、自信を失い、虚脱したように辞していく者も少なからずみられた。

国難級の大きな災害派遣の後でさえ、自衛官にはほとんど見られなかったＰＴＳＤ（心的外傷）を、今度の実戦の後にはひどく患う者が一人や二人ではなかった。

弟たちとの因縁の深いこの竹島沖にあって「あきづき」砲雷長の中原三佐は、このようなときだからこそ警戒の手をゆるめることなく、いっそう寄らば斬るの精神で、今後、中国軍にかぎらず、外国軍の侵攻を一歩たりとも許さない姿勢を示すことが必要だと思うのだった。

「あきづき」が二週間前に単艦でここ（竹島沖）へと派遣されたのは、対空戦闘、対潜戦闘等々の訓練のためだけではなかった。

いや「あきづき」だけでなく、先月以降、多くの護衛艦がこうして単艦で、おもに西日本周辺海域に浮かぶいくつかの島に張りつくよう、その周辺海域に展開していた。

そして二週間、あるいは三週間ごとに他艦と交代するという具合である。

だが、海幕（海上幕僚監部）も自衛艦隊司令部も、その意図を「敵」に察知されることを警戒してか、艦長の田中二佐にさえも、その目的や理由は伝えていないようだった。

むろん中原三佐にも、いまのところ各艦はただ訓練名目で派遣されたということしかわからない。

実戦を経て、上が防秘に力を入れるのは理解できるが、二〇世紀の艦隊ならともかく、いまの護衛艦はすべてリンク（戦術データリンク）でつながっていて、どの艦も他艦の動きについては、ある程度わかるようになっている。

リンクも万能ではないが、艦間の情報共有度は二〇世紀とは比較にならないほど向上しているのだ。

一九八〇年代までは、リンクやNTDS（海軍戦術情報システム）あるいは武器管制システムを備えた艦をご大層に「システム艦」と称し、同じ科のなかでもシステム要員とそうでない要員とに区別され、特定のシステム要員のみが特定のシステムや区画へとアクセスできるといった面倒なことになっていた。いわば、護衛艦システム化の過渡期である。

NTDS自体は一九六〇年代に米海軍で実用化され、その後逐次改良されて、海自ではTDS、CDSといった国産化へと発展したが、技術的にはともかく、システムといってもその中身はなんのことはない。

要するに艦にコンピュータを積んで、武器や通信あるいは搭載したヘリ等の管制や情報分析をより自動化、スピード化し、さらに各艦のそうした情報をリンクというネットワークを介して、艦間や艦と司令部間、あるいは航空機等と共有化するというものだ。

現在では、軍の指揮・管制・通信・情報処理システムをさすC４Iシステム（Command Control Communication Computer Intelligence system）を構成するシステムの一つにすぎず、いまは「軍艦」二〇世紀の大戦時代とは違って、いまは「軍艦」の乗組員もコンピュータやデジタルと無縁ではありえないのだ。

ちなみにC４Iは、日本ではシー・フォー・アイと称されることが多いが、ネイティブ式にはシー・クォドルプル（Quadruple）・アイとなる。Quadruple は四重の、四つの、四倍のという意味を持つ。

そう、現代戦においては個々の武器の性能にも増して、この四点のありようが勝敗を決するといっても過言ではないほど重要となる。

明治のころの日清戦争における黄海海戦、あるいは日露戦争の日本海海戦当時の通信技術は、軍艦においてもトン・ツーのモールス信号がようやく実用化をみたというレベルであった。

音声通信、すなわち会話ができる無線電話が実用化されたのは一九一二年である。これは日本人の松代松之助（逓信省の技師）による。

もともとトン・ツーは、通信線（有線）を介して伝達することを前提としており、マルコーニに代表される空中を伝播する無線式トン・ツーの遠距離間での実用化をみたのは一九〇二年のことだった。そのマルコーニが本格的な商業無線を始めたのは、二年後の一九〇四年（無線会社自体は一八九七年に設立）で、日本海海戦の前年のことである。

だが驚くべきことに、日本ではマルコーニとほぼ変わらない時期に無線通信の研究に着手し、当時の逓信省において一八九七年に初の無線通信を成功させている。

「敵艦隊ラシキ煤煙見ユ」

海戦直前に仮装巡洋艦の信濃丸が哨戒中の対馬沖で、ロシアのバルチック艦隊発見の報を無線で発したことは後世よく知られているが、このとき使われた三六式無線機も、一部の部品をのぞいて日本海軍が開発した国産無線機である。

日本海軍は、世界の海軍に先駆けてそのモールス無線電信機を様々な艦に装備したものの、しかし一斉回頭のような艦隊運動に際して、艦間の通信は、もっぱら人による手旗信号や旗旒信号（形や色で特定の意味を示す旗をマストに掲げる）でおこなわれた。

むろんこれは信号の長短、すなわち点と線の組み合わせで一語をなすトン・ツーだと時間を要し、応答性が悪いからだ。

たとえば「面舵、三〇度」を無線電話を使い口頭で伝えれば、三秒とかからない。信号手に組み合わせが強いられる旗旒信号にしても、掲げるまでには数秒を要するが、旗がマストにあがった瞬間、それを他艦が目視していれば、その意味は複数の艦に瞬時に伝わることになる。

しかも信号旗は、その一枚で固定した意味をなすものもあり、ふつうは多くても五枚ほどであるため、掲げる際に旗の種類と組み合わせさえまちがわなければ、基本的な艦隊運動において必要な指示のほとんどは、この旗旒信号のみでおこない得る。それも数秒のうちに確実に、である。

通常、これらの信号旗はマスト下の大きな箱に一枚一枚吊り下げられたかたちで順番に収められており、信号手はその旗の種類と位置（もちろん意味も）を暗記しているから、ベテランになるとおよそまちがえて掲げるようなことはない。

信号旗のうち旗一枚がアルファベット一字に対応している文字旗の場合には、たとえばそれが中央に青、上下に黄色が配色されたＤ（デルタ）を意味する四角い旗なら、文字Ｄを示すほかに「注意されたし、本艦（本船）操縦不能」ということを意味する。

また「面舵」は国際的には「ＳＴＢＤ」を示す旗、つまり中央に白、左右に緑を配した細長い台形を横にしたような旗である。

だがモールス通信、すなわち電信でオ・モ・カ・シ・濁点・サ・ン・シ・濁点・ユ・ウ・ト・濁点の一三字の和文（「・」は除く）を電鍵で打鍵するには、装置が進化した現在でも六秒から一〇秒を要する。本文には、アテ（宛）、ハツ（発）の送受先を加えることも必要であるから、さらに長くなる。

そして受信する側は、ほぼリアルタイムとはいえ送信側と同じ時間を受信に要し、その後、電信室から電信員なり伝令なりが殴り書きした電文を持って艦橋まで走るか、あるいは伝声管を使って口頭で艦橋に伝えるにしても、またそのぶんの時間がかかってしまう。

伝送速度だけでいえば、トン・ツーは一〇〇字の送信に一分三〇秒を要する手旗信号よりいくらか速いということになるが、手旗信号の場合は、たいてい信号手の横に幹部等がいて、受信する側ではホ、ン、ヒ、ホ、ン、カ、ン、シ、ユ、ッ、コ、ウ、ス（本日、本艦、出港す）といった具合に一字ごとそれを読み取り、横に立つ幹部へと伝えることができる。しかも一文ごと交互に送受できるため、モールス通信よりも速い間隔での会話、いや対話が可能となる。

つまり明治時代の海軍無線は、手旗や旗旒信号では届かない遠距離間での通信手段として、それもだいたいは簡単な通信の場合にのみ有効といえるものだった。

しかし日本海軍は、せっかくそうした新たな時代の通信技術（無線）を手にしながら、その後、昭和の日米戦のころまで、それを十分に活用、発展させることができず、艦や艦隊の戦術も基本的には明治のそれと大きく変わることがなかった。

秘かに世界が認める八木アンテナに目を向けることなく、またレーダーの開発や運用にも積極的とはいえなかった日米戦当時の海軍部内には、今日常識とされる「戦術システム」の萌芽すらなかったといえるだろう。

海軍航空隊の牽引役であり、戦後は航空自衛隊の高級幹部ともなった源田実でさえ、戦争当時には航空無線は不要との立場を譲らなかった。

性能がいいとはいえない重い無線電話を、もとより軽量化によって運動性能を高めた機体に積んで、その運動性をそぐようなことは、まったく無意味であるとの主張である。

それはつまり、機体の運動性がいくらか落ちても無線電話による組織的で統制的な戦術を構築することよりも、機の性能と搭乗員の腕で敵を圧すべきという精神論に近いものだった。

だが現実には、その当時はすでに第一次世界大戦のころのように、エースパイロットを中心に航空隊を運用するという時代ではなくなっていた。

陸でも海でも空でも、いかに効果的に部隊を運用し、いかに効率的に敵を叩くかという戦術システムの基礎的な概念が、特に英米軍においては生まれつつあった。

それは英国の防空監視網がレーダーと電波探知を中心に据えていたのに対して、日本のそれは都市防空においてさえ、その多くを聴音機や目視、探照灯、哨戒機などに頼っていたことからもわかる。

しかもこれは日米開戦前に、ある一人の言論人から指摘されていたことでもあった。

一九三三年、反体制的な言論で知られた信濃毎日新聞の桐生悠々（きりゅうゆうゆう）なる人物が「関東防空大演習を嗤（わら）う」と題して、軍の防空認識がいかに稚拙なものであるか、揶揄（やゆ）した記事を記している。

これには陸軍が激怒し、在郷軍人会も同社へ圧力をかけたことにより、桐生はその後、退社を余儀なくされている。

しかし桐生の主張は、軍はだらしないといったようなことではなく、敵機が本土上空にまで侵攻してくるような防空では意味がないと指摘したにすぎなかった。

本土上空へと侵攻してきた敵機にいかに対処するかということよりも、敵機を本土上空にいかにおよばないようにするかに軍は腐心すべきとの彼の論は、たしかに反体制的なものではあっても、実に的を射たものであった。

空ばかりではない。艦隊戦においても日米戦当時の日本海軍は、無線は位置が暴露するとして封止する傾向にあり、レーダーはお飾りのごとくにあつかわれ、こちらの所在を秘匿するため、敵艦隊の位置もつかめないという矛盾に毎度陥っていた。

いくら世界に冠たる空母を備え、航空戦の有用性を深く理解していたとしても、その戦術の基本自体が進化していなかったのだから、米軍にしてやられたのも当然といえば当然だったのだ。

ミッドウェー海戦のころまでは、米艦隊も同じだったが、やがて米軍は数理統計にもとづくOR(オペレーションズ・リサーチ)の手法を取り入れ、より効果的に、より効率的に戦うすべを手にすることになった。

だがその際には、彼我の位置や動き、兵力、部隊の数等々についての情報が不可欠となる。それには当然、各部隊間あるいは部隊と司令部間の円滑な通信、また他部隊との情報の共有が求められる。

そこで、同時に複数の情報を複数の部隊において共有し処理するための通信手段や情報処理の装置が開発されることになった。

特に一九五〇年代、六〇年代の大きな問題は、より速く、より武装が強化されるようになった航空機に対する艦隊防空のシステムだった。

手はじめに対空兵器の自動化に向けたアナログ・コンピュータによるＷＤＳ（武器管制システム）が、次にデジタル・コンピュータとデータリンクを併用する初期のＮＴＤＳが、いずれも一九五〇年代に開発され、六〇年代に実装されるようになった。今日の戦術システムのはしりである。

海自でも一九七〇年代、八〇年代には、スタンダード・ミサイル（対空ミサイル）を管制する「たちかぜ」のＷＥＳ（ウェス）や初期のＮＴＤＳを進化させた国産のＴＤＳのほか、米軍のデータリンクを導入した護衛艦が配備されたが、この当時はまだ新旧混在で、艦隊のシステム化はいまほど進んではいなかった。

しかし二一世紀の現代のそれは、ある艦が得た情報を他艦や司令部等とリアルタイムに共有でき、複数の目標や味方の位置をリンクによってどの艦も知ることができる。これらの情報は、ＨＦ（短波）、ＵＨＦ（極超短波）といった電波でやりとりされる。

たとえば、「あきづき」が捕捉した敵潜水艦の艦型や位置を「いずも」でもリアルタイムに把握することができる。さらに、そのとき「いずも」が敵機を捉えていたなら、その機種や位置、針路等を、近くにいる「あきづき」「みょうこう」「あたご」でも把握できる。

また、艦が捕捉した敵水上艦や潜水艦の情報を近くで哨戒中の哨戒機へと伝送することや、その逆の処理も可能とする。

進化したＴＤＳは、目標の敵味方識別であるとか、それが敵ならば脅威度の判定はもちろんのこと、その時点でもっとも有効な武器が何であるかまでシステムの側が事前に知らせてくれる。

これにより一つの目標に対して味方の複数の艦や哨戒機が攻撃を加えたり、複数の目標に対して味方のどの艦が、あるいはどの哨戒機がどの目標に対処するかを、作戦を指揮する側で即座に決定したりすることもできるというわけである。

しかも、そうした情報は無線電話や個別的な通信を利用しなくても、リンク、システムを介してデジタル処理され、オペレーターの表示装置に記号や数字として示される。

艦の場合は各艦のCICがその中枢となり、哨戒機ではTACCOやSS、MC等が担当する。

中原三佐は、こうした軍事史に関する教育も、江田島の幹部候補生学校で受けていた。海自の初級幹部、つまり三等海尉を養成する学校で、一般大卒者はここでおよそ一年の間、三尉となるための基礎の基礎を授かることになる。

実際の艦についてのあれこれは、その後に実施される近海あるいは外洋での遠洋航海によって修得する。

広島にある赤レンガ造りの幹候校は、旧軍時代にはエリート海軍士官を養成する「海軍兵学校」として使われていた歴史ある建物だ。隣接する教育参考館には、明治時代から昭和の日米戦の時代に至る旧軍関係の資料や名将の遺品、特攻隊員の遺書などが収蔵、展示されている。

表桟橋が置かれた海側には、白亜のこれも兵学校として使われた巨大な建物がある。

ここも幹候校同様に海自の施設として、すなわち海自第一術科学校（一術校）として使用されており、艦艇要員に指定された者は、海曹士から幹部に至るまで、この一術校で各術科（専門・特技）の教育を受けることになる。

しかも一部に旧兵学校の歴史と伝統を継承するだけあって、一術校は海自内に四つある術校のうち、もっとも厳格で規律にうるさい学校として知られている。

幹候校と一術校は別々の建物だが、四〇〇メートルのトラックが二つも三つも取れそうな共通の広大な営庭に面しており、朝の課業開始前に学生が整列する「課業整列」では、幹部候補生も術校の学生も、その営庭にずらりと並ぶことになる。

術校の学生全員が年間を通じてどれくらいの数になるのか、中原三佐にははっきりとわからなかったが、幹部候補生と合わせて軽く一〇〇〇名を超えていたように思う。

その学生たちが午前八時の国旗掲揚、課業整列、朝礼を経たのち、各隊一〇〇名前後の分隊ごとに、ラッパ譜による行進曲に合わせて一糸乱れずに行進し、座学を受ける各教場（教室）へと向かうさまは圧巻というほかなかった。

学生はときに黒い制服（夏期は白）で、ときにブルーの作業服で整列するが、行進の際にむかしはキャンバス地のカバンを決められたように左脇に所持し、右手を振るのが通例だった。

そのカバンの中には、たいてい座学で使う教本（教科書）が入っているのだが、この教本が巷（ちまた）の大学や専門学校等で用いるものとは比較にならないほどお粗末で、教育を修了するころには、使いものにならなくなることもめずらしくなかった。記された中身、内容のほうではなく、体裁、物のほうがである。

冗談のようだが、わら半紙にコピーされた紙を、業務用のホッチキスで閉じたといった簡単なもので、そうぞんざいにあつかったつもりがなくても、すぐに紙が破れたり折りめがついたりして、しかたなくセロハンテープで補修するといった学生もめずらしくなかった。

むろん、それにはそのときどきのハイテク兵器の基礎が記されている。物理、数学、電気、電子工学、船用機器等々の基礎的な内容のものもあったが、あたり前とはいえ、艦艇等に実装されている実機の中身について記された教本もある。

当然その多くが秘であるから、外に持ち出したり、部外者に見せたりというようなことは厳禁で、教育修了時には学校へ返却しなければならなかった。

要するに、こうした秘に関わる教本のうち再使用できそうもないものや、経年によってすでに教育を外れた内容ものについては、焼却するかシュレッダーにかけて部外へと流れなくする必要があるため、わざわざ体裁などに費用や手をかける必要はないということなのだろう。

しかしそうなると、学生は教育を終えたのち、ある科目や内容について復習しようと思っても、教本は手元にないということになる。そう、基本的には暗記せよ、要点はノートに取れということなのだ。

だが、これは海自にかぎったことではなく、旧海軍でもそうだったと、中原三佐は教官から聞いたことがあった。

しかも旧海軍では、兵器によっては学生にノートさえとらせなかったというのだから、当時の学生は相当に苦労したことだろう。

特に、主砲の照準の際に目標との距離を測る光学装置の測距儀は、当時はトップ・シークレットであったことから、学生は暗記することしか許されなかったのだ、と。

とはいえ現代においても、学校を出た多くの学生が、将来艦艇のハイテク兵器に携わることになるものの、学生にはべつに学習用の情報端末が与えられるわけでもない。

教官の話に耳を傾け、ひたすら読み書きして頭に叩き込むというむかしからのアナログ式勉強法によって、学生たちは軍用のデジタルだのシステムだのについて勉強している。

ただ、いまでは水測（ソーナー）や操艦、デジタル通信等の教育用として、シミュレーターが置かれているという。

しかし、学生の多くは部隊（そのほとんどが艦艇）に配属後、学校で教わったような装置に携わることはまれで、たいていは先輩隊員の下で艦で数か月から一年ほどのOJT（実務教育）を受けて、ようやく助手ではなくオペレーターの一員として認められることになる。

たとえば学校でリンク、デジタルの基礎に関する教育を受けたとしても、実際に艦に装備されているリンクはリンク11であったり、リンク14、リンク16であったりするため、教本さえ覚えていれば、実務にも即応できるというわけにはいかないのだ。

艦や艦隊をまるごとシステム化するということは装備だけの問題ではなく、それに携わる人間の教育や投資もまた必要なため、こうしたことを短期間で組織全体に整備できる国というのは、そう多くはない。

組織が大きければ大きいほど、そのぶんシステムの整備には人もコストもかかることになる。その結果、肥大化した組織は部分的にシステム化に遅れ、結果、全体としては常に不具合を有する歪な組織となりかねない。その典型例が今日の中国だ。

中国の陸海空軍ほか総兵力約二三〇万人は、自衛隊の一〇倍近くにもなるが、そのすべてを日米なみにシステム化することは、いかな経済大国の中国といえども、そうたやすいことではない。

結局、仮に一〇隻からなる艦隊の三隻をシステム化できたとしても、残る七隻が旧型の非システム艦であれば、その七隻はリンクの外に位置することになり、事実上、リンクを前提とした戦術には参加できないどころか、場合によっては足手まといにさえなる。

極論すれば、いま彼我の人的能力が同じであると仮定して、数では一〇隻でも三隻しかシステム艦を持たない艦隊と、数は五隻でもその全部がシステム艦の艦隊とがぶつかれば、後者のほうが優位を保つことができる。

このとき、もし人的能力にも差があって、後者の艦隊のクルーの平均的な能力が、前者のクルーのそれよりも高ければ、後者の優位性はいっそう高まる。

日本国の「軍」すなわち自衛隊が一九九〇年代以降の世界的なRMA（Revolution in Military Affairs）、つまり軍事分野の革命の潮流を踏まえて指向したのは、明らかに後者のほうだった。

なかには例外がいることも否定できないだろうが、実際今日の自衛隊員の平均的な資質、能力は、先進国の軍の兵隊のそれと比較しても高いといわれている。

一九六〇年代、七〇年代の一般大卒幹部には、無名の大学出身者が少なくなかったが、いまでは東大卒、京大卒の幹部もめずらしくない。長崎出身の中原三佐にしても、地元ではよく知られた国立大学の出だった。

こうした正規の現役のみならず、予備自補にも大企業の社員や著名大学の学生、医師、教員などが登録されている。

新世紀に向けて、自衛隊は質の高い隊員をそろえ、コンパクト化とシステム化によって、数で圧倒してくる敵にも対抗できるような先進的な防衛力の整備を目指したのである。

この当時の脅威の対象は、政府がそのように公表することはなかったとはいえ、当然ながら、隣国のロシア（旧ソ連）や中国であった。そうした冷戦時代の残滓は、むかしほどではないとはいえ、いまも続いている。

それどころか二一世紀に入り、日本とロシアとの間には明るい関係が築かれていく一方、強引な覇権主義を推し進める中国は、日本にとって冷戦時代以上に面倒な相手となりつつあった。

日増しに危機感が高まるなか、自衛隊に期待する声はあがっても、軍国時代と違って、みずから身を捧げるといった憂国の志士のごとき勇ましい日本人は多くなかった。

いや、むしろそのような極端な思想を持つ者がまれであったからこそ、尖閣諸島付近の領海侵犯をはじめ、中国による挑発とも思える数々の暴挙に対しても、日本側から事を大きく荒だてるようなことがなかったともいえる。

そもそも日米戦後、国民は反戦一色となり、個人の自由とともにまがりなりにも民主主義を手にし、経済的にも豊かになった日本では、自分の体を張ってまで国や国民を守るといった若者は少数派となり、自衛官の定数は万年不足するという状況にあった。

陸海空二九万人（予備を含む）という数だけみれば、他の先進国の英軍三五万人、独軍二六万人、仏軍二八万人と比較して一見遜色なさそうに思えるが、人口比を考えれば日本のそれがいかに脆弱であるかがわかる。

英独仏の人口が日本と同じ数であるとして、前の数字からこれに対応する兵力を導くと、日本は本来四〇万人（独）から七〇万人（英）の兵力を有してしかるべきということになる。

新聞、テレビでは防衛費のみが強調され、日本は世界第四位だと事あるごとに報じられるが、兵力の数自体は世界トップ二〇にも入らない。それでも今日、総合的に評される軍事力がトップ一〇内外にあるのは、武器・装備の調達にも増して、人材育成を含む人件費やシステムの整備にコストをかけているからにほかならない。

一部のマスコミや識者にみられる世界第四位、五兆円という日本の防衛費は高すぎるという批判は的を射たものとはいえず、兵力を増やさない、また増やせない以上、日本国自衛隊はコンパクト化、システム化の道をあゆむほかなかったのである。

中原三佐は、まさにそうした新世紀自衛隊の中核をなす隊員の一人だった。

それでも隊内には少数ながら、まだかろうじて昭和の時代の自衛隊を知る者もいる。これまで、そんなむかしといまとの違いを聞く機会が何度かあった中原には、少なくとも頭のなかでは、それを理解することも可能だった。

五〇代である艦長の田中二佐も、昭和の最後を知る稀有な自衛官だった。

「このデジタル、システムの時代に、あんたはちょっとおかしいんじゃないかと思うかもしれんが、俺の勘だと、また衝突するんじゃないかと思う。

半島の大将（北朝鮮の指導者）も面倒だが、相手は、むろん今度もまた中国だな。いまの艦の配置も、どうもそれと無関係とは思えない。だいいち、連中が尖閣をあきらめたとは考えられんしね」

なにごとかと思いながら、呼ばれた艦長室へと一人向かい、さしで対面することになった中原三佐にも、艦長のその言葉はおかしいどころか、むしろ的を射ているように思えた。

——だが、なぜ島の近くに多くの艦を……。

中原三佐がわからないのは、そこだった。

「はい、尖閣、石垣、宮古、奄美、それに対馬、竹島あたりまでは、なんとなく理解できなくもないですが、五島周辺や隠岐、佐渡、大島、硫黄島周辺にも置くというのは、どういうことなのか。

自分もあれこれ考えてみたのですが、これといったことが浮かびません」

中原三佐がそう言うと、艦長はなにやら意味深に返してきた。

「おそらく、潜水艦だろうね」

「はあ、潜水艦ですか」

艦長は最初、静かに首を縦にふっただけで言葉を発しなかったが、二、三秒ほど置いてから、逆に訊き返してきた。

「前に(日中が)ぶつかったとき、中国軍が魚釣島に少数の陸戦隊を上陸させたことを、あんた、どう思う」

「ああ、それでしたら、あの島が自国の領有という既成事実を作ることが、主たる目的ではなかったかと考えますが……」

「そうそう、それがこれまでの定説というか、大方の見方だったんだけど、最近になってあの連中の先遣隊だか偵察隊だかが、日中衝突の前からすでに島に潜入してたようだという話をマスコミがね……あんた、聞いたことない?」

連日忙しくしており、テレビや遅れて届く新聞にも、ろくに目を通す暇もなかった中原三佐には初耳だったが、それを聞いて「潜水艦だろうね」の意味がすぐにわかった。

——なるほど潜水艦で部隊を輸送し、上陸させたということか。しかし、なぜそんなことを中国は……。

ハイテクでは劣るからと、数でうち(自衛隊)を圧倒する中国軍なら、島の奪取も数の論理で押してくるのが定石じゃないか。それをあえて潜水艦がリスクを負うようにして、少数の陸戦隊を小さな島に送り込むことに、いったいどんな意味があるというのか。

だが、艦長からその答えを得ることはできなかった。

「そこなんだ。もしかすると、あんたたちのように、最初からシステムを常識として受け入れてきたような人なら、なにか斬新な答えを導けるんじゃないかと思ってね。

そうか、あんたにもわからないか。

まあ、上が中国の潜水艦を使った島への潜入を警戒しているという俺やあんたの予想が当たっているとして、たぶん上にしてもそれがどうしてなのかまでは、わかってないんじゃないかと思う。

いや、こんなことで時間を取らせてすまなかった。ありがとう、仕事に戻ってください」

艦長の期待に応えられなかったことに、中原三佐はいくらか不甲斐なく思ったものの、艦長が少なからず自分を信頼してくれているのだと知って悪い気はしなかった。

それにしても、田中艦長の読みが正しければ、自分たち（あきづき）が竹島近海にいるのは、訓練というよりは、実際に中国の潜水艦を捕捉、排除するためということになる。

だがそれは、日中が再び武力衝突へと至る可能性があることを意味する。

夏のあの戦いでは、いっときのあいだ魚釣島を占領した中国軍であったが、陸海空自衛隊の協同によってそれも排除されて以降、新たな上陸作戦の兆しはみられなかった。

それでも尖閣周辺には衝突前と同じように、いやそれ以上に、中国海軍や海監の艦船がその数を増して跋扈（ばっこ）している。

尖閣諸島の領有権についても、中国政府は依然としてその主張を繰り返し、一歩も引き下がる姿勢を見せないままだ。

しかし、世間はすでに落ち着きを取り戻し、陸戦があった石垣島、宮古島といった沖縄最前線の島々も、なにごともなかったかのようにふだんの生活が繰り広げられているという。

実戦で自信をつけた中原三佐だったが、二度とあのような状況が起こらないようにと願いながら、艦長室をあとにした。

持ち場のCIC室へと向かう途中、三佐は主砲やVLS（ミサイル発射装置）、それに射撃管制レーダーの外観を点検するため甲板に出た。

この時期、荒れることの多い日本海の波はそれほどでもなかったが、底冷えするような寒さに、まだ三〇代のあきづき砲雷長は思わず腕組みすると、乾いた唇を真一文字に閉じた。

その日は、ちょうど七九年前に日米戦の戦端が開かれた日だった。当時の兵士は、その多くが故人か九〇歳を過ぎており、あの戦争は完全な歴史となろうとしている。

すでに若い海士のなかには、戦艦大和や零戦のことは知っていても、それがどういう戦いだったのかよく知らない者もめずらしくなかった。

第3章
空自コブラ

二〇二〇年三月二〇日
魚釣島の東空域
航空自衛隊（空自）航空戦術教導団
飛行教導群F‐15J

一撃必殺――尾翼には、コブラのマークが記されている。

長澤三佐が乗る単座の戦闘機F‐15Jイーグルは、実際にはF‐15MJである。Mはmodernizedの頭文字で「近代化」を意味する。

旧型機を改修して、F‐15J以降に開発された諸外国の新鋭戦闘機とも互角に、あるいはそれ以上に戦うことのできる性能を付与した機体である。

改修の多くは、アビオニクス（航空電子機器）だが、最大の特徴はJDCS（自衛隊デジタル通信システム）の搭載によって、データリンク機能の充実が図られたことだった。

これにより空自の防空システム、すなわちJADGE（自動警戒管制システム）や同種の装備を有する他機とのリンクが可能となった。

たとえば、旧型機Jでは基地がレーダー等で捕捉した目標に関する情報を無線を介して基地から得ていたのに対し、MJでは機内の表示器に表示することができる。

しかも異なる複数の情報を一度に得ることもできるため、無線で指示を得るときのように多くの時間を要することがない。

さらには、ＦＡＣ（前線航空管制官）とＪＤＣＳを介してやりとりできるという発展性を秘めていた。

ＦＡＣは地上部隊とともに移動し、空から敵を攻撃する「航空支援」が地上部隊に必要とされるときに、その支援機を誘導・管制し、必要な情報を機の側へと送る士官である。

驚くべきことに二〇世紀までの間、自衛隊は陸自と空自の通信の互換性に欠け、さらには陸自の地上部隊が、上空にいる空自機の操縦士と直接無線でやりとりするといったこともできなかった。

そのことを象徴する事件がある。

一九七六年九月六日、空自のレーダー警戒網や迎撃機を巧みにかわして、ソ連（当時）の新型戦闘機ミグ25が函館空港へと強行着陸した。アメリカへの亡命という操縦士の極めて私的な理由によるものだった。

しかし、当初その意図がわからなかった日米両政府は、とりあえずは操縦士のベレンコ中尉を逮捕監禁することなく、むしろ日本側で手厚く保護するとともに、すぐに機体の調査を開始した。

当時アメリカの情報機関や軍でさえ、その詳細がつかめていなかったソ連空軍の新鋭機を、まさに「棚ぼた」のごとく手にすることができたものの、そうであるがゆえに自衛隊と日本政府は、すぐに血の気が引くことになる。

「ソ連軍によるミグ奪還か破壊の可能性が濃厚である」とのアメリカからの情報を得て、北の自衛隊は陸海空いずれも戦後初の臨戦態勢へと入った。

ところが、政府からはいっこうに防衛出動命令が発令される様子がないなか、強行着陸から一日二日と日が増すごとに、米軍から次々と送られてくる緊迫した情報を前にして、陸自はついに「超法規的行動」もやむなしとして、ミグ機を守るべく二両の戦車と高射機関砲L‐90、そして第二八普通科連隊の普通科一個中隊の出動を決定する。

しかし、出動命令が下令されない状況下では、部隊が駐屯地の外に一歩出たとたん、連日自衛隊の広報や空港に張りついているマスコミが、自衛隊の独断専行として報じることは明らかだった。

そこで、陸幕（陸上幕僚監部）は連隊内に臨時の対処部隊のみを編成しておき、ソ連軍機飛来の情報を得たのち空港へと急派することにした。

このとき自衛隊側で想定されたソ連軍の作戦は、ミグ機同様こちらのレーダー網にかからないよう低空で侵入してきた輸送機から少数の空挺部隊もしくは特殊部隊を、函館空港内かその周辺に降下させるというものだった。

むろん、これは慌てふためいた陸自高級幹部による世迷言や妄想などではない。実際に、その二か月前にも他国において同様の事件が発生していたのだ。

軍関係者には、オペレーション・サンダーボルトで知られる「エンテベ空港奇襲作戦」は、ハイジャックされたエールフランス航空機から、人質として解放されなかったユダヤ系やイスラエルの乗客を救うべく、イスラエル軍特殊部隊が敢行した同機と乗客の奪還作戦である。

ハイジャック機は最終的に犯人らの指示でウガンダのエンテベ空港へと着陸したが、イスラエル軍対テロ部隊のサイェレット・マトカル（ヘブライ語でエリート部隊の意）も、偽装用の車両を積んだC‐130輸送機に乗り込み、深夜エンテベ空港へ極秘裏に侵入し着陸する。

そして、ウガンダ政府車両に偽装した車に隊員が乗り、ハイジャック機や空港ターミナルへと近づき、途中、警備のウガンダ兵との交戦は避けられなかったものの、犯人のテロリスト全員を倒し、管制塔ほかの空港施設とハイジャック機を制圧したのだ。

　状況は異なるとはいえ、イスラエル軍特殊部隊が成功させたのなら、ソ連軍特殊部隊にもできないことはないと、陸自の誰もがそう思うのも当然だった。

　そのためエンテベ空港奇襲作戦同様、この函館のミグ機のときにも、やはり輸送機をミグ機と同じように強行着陸させたのち、ソ連軍強襲部隊が自衛隊と交戦する間に、別のソ連軍兵士らがミグ機をすばやく解体し、積み込んで飛びたつといった可能性についても検討された。

　また、潜水艦によって特殊部隊を上陸させるという想定もなされたが、こちらは海空で警戒して阻止するということになった。

　そこで陸自は、ソ連軍輸送機の着陸そのものを封じるべく、空港に近い函館駐屯地にL‐90の射撃陣地を作り、レンジャー訓練塔を臨時の監視哨にして備えたのである。

　口径三五ミリの機関砲を二門備え、レーダー照準を可能として射高は四キロメートル、射程は六キロメートルにおよび、高射機関砲としては極めて高い命中率をほこる。

　だが、この一九七〇年代にスイスで開発されたL‐90は、みずからのレーダーによる照準はできても、その目標が敵か味方か、あるいは軍用機か民間機かといった識別まではできない。

　そうした識別は目標が目視可能な位置まで近づくか、そうでなければ監視哨やレーダー基地、本部等に委ねるしかない。無線で送られてくるそうした他からの情報をもとに、それが敵機ならば、ただ目標を正確に照準し射撃するということになる。

　そして九月一一日、その日は実際に訪れた。

函館空港へ近づいてくる敵味方識別不明の三機を捉えたとの連絡が、陸自のホーク（対空ミサイル）部隊から駐屯地へと送られてきたのである。

この目標（三機）はL‐90の捜索レーダーでも捕捉され、監視哨でも確認されたことから、陸自側ではソ連軍機が実際に飛来したものと認識され、指揮官は戦闘配置を下令し、射撃準備に入らせた。

すぐに本射の前におこなう点検射により、実弾（曳光弾）数発が海へと向けて発射された。それでも射撃指揮官は本射へと移る前に、なお目標の敵味方識別を部下に命じた。

「目標の識別をおこなえ！」

現在のようにIFF（敵味方識別装置）が地上部隊の側にあれば、それによって味方機からは応答信号が発せられるため、たとえ目標（航空機）と無線で連絡が取れなくとも、それが味方機であることがわかる。

だが、L‐90にはIFFが備わっていない。

つまり最終的には地上から、あるいは上空のヘリや偵察機から、人の目によって直接その目標が味方機なのかどうかを確認しなければ、識別できなかったのである。

むろんこの当時、陸自には地上から空自機と無線で連絡をとるような手段はなかった。L‐90の射撃指揮官が、場合によっては敵の強襲を許すことになり、手遅れとなる可能性があるとしても、目標の目視確認によって敵味方の識別を、しつこくおこなうよう命じたとしてもおかしくはなかった。

いや、おかしくはないどころか、この指揮官の冷静な判断によって、結果的に大惨事を防ぐことができたのである。

なぜか。そのときの緊迫した状況や心理的要因から陸自側の多くの者が、きっとソ連軍機に違いないと思っていた目標は、なんと空自の輸送機C-1だったのである。

法的な問題やそうした約束事はないとはいえ、緊迫する函館の陸自へと事前に飛行情報を告げることなく輸送機を飛ばした空自にも、まったく非がないとはいえないが、そもそもこの当時の陸自と空自の関係自体が密とはいえなかったのだ。

それは陸と海あるいは海と空の間でも同じで、そのころの自衛隊は旧陸海軍の関係以上に、互いに疎遠ともいえるほど、およそ協同という間柄にはなかった。

こうした状況は八〇年代まで、ずっと続いた。九〇年代以降、湾岸戦争に代表されるような世界的な戦術の多様性をみて、自衛隊でも次第に戦術面における空陸一体、あるいは海空一体といった考え方が出はじめるようになる。

さらに、地震や火山の噴火など大規模災害の救援活動で得た教訓から、陸海空の協同が必要との認識を深めるようになった。

自衛隊といっても、その土台が軍という組織ではなく役所であることから、陸は陸の、海は海の、そして空は空のという具合に、他の官庁と同じく組織の閉鎖性、セクショナリズムが各自衛隊には根深くあったのである。

それはまた、三自の発足経緯とも深く関係している。陸自は警察予備隊から、海自は米沿岸警備隊をモデルとした海上保安隊から、空自は米空軍を手本としてという具合に、その生いたちはまったく異なるものだった。

そうした背景もあって、陸自は米英軍と異なり、空自に対地支援攻撃を要請するという考えは薄く、必要なら自前でやればいいという方向で長らくやってきた。すなわち対戦車ヘリ、攻撃ヘリの導入である。

調達機の数からいっても平時の領空侵犯対処でさえ、第一線の飛行隊に余裕があるとはいえない状況なのに、有事になれば、空中哨戒に迎撃にとそれこそ休む間もなく駆り出されるであろう空自機が、はたして自分たちの対地支援攻撃の要請に、すぐに応じることができるだろうか。

陸自のそうした懸念は、ある意味当然といえた。陸海空いずれもこの国の全土をくまなく守るには、隊員にしても武器にしてもその数が絶対的に不足していることは、自衛官こそが身に染みて知っている。

米軍がベトナム戦争で対地攻撃支援を多用していることは、当時の陸自でも十分に把握されていた。だが、仮にそれを強く所望したとしても、肝心の空自機に精密な爆撃を可能とする装備を施したものがなかった。

のちに支援機というあつかいで、爆撃照準装置を備えた機が調達、整備されることになったものの、結局それ以降も長らく、地上の陸自部隊から指示を受けた空自機が、対地支援攻撃をおこなうというようなことは、訓練においてさえ実現しなかった。

それよりも陸自が目をつけたのは、ベトナム戦で初めて採用されたヘリを使った空中機動戦術だった。

軍用ヘリコプターは第二次世界大戦中に出現したが、ベトナム戦前までのヘリは偵察や観測、連絡、物資輸送、負傷者輸送用途とされていた。

それがベトナム戦では、ヘリを用いた画期的な戦術が、米軍によって編み出されることになったのである。複数の戦闘員を乗せたヘリを戦域各所に送り込み、ジャングルに潜むベトコンをすばやく捜索、殲滅したり、敵部隊の背後から強襲したりするのだ。

第二次世界大戦当時の戦車、装甲車の速度を生かしたドイツ軍電撃戦以来の、機動力とスピードに長けたこの新戦術は、空挺のエアボーンに対してヘリボーンと名づけられ、いまでは先進諸国の各国の軍において、いわば軍の常識として採用されている。

ヘリボーンが可能になったのは、ヘリUH‐1イロコイが米軍で開発、配備されたことによる。その改良型を一〇〇機以上保有する陸自同様、いまなお多くの国で使われているベストセラー機である。

ベトナム戦では、このUH‐1のドアを取っぱらい、その開口部に機関銃を据え付け、低空から地上の敵を掃射するドアガンが、大きな威力を発揮するということもわかった。

さらにロケット弾を装備することで、戦闘員を降ろす前に、敵の装甲車や陣地を叩くこともできるようにした。しかしその反面、重量の増加や非装甲であったことから、多くの問題が生じることにもなる。

そこで米軍は、より強力な武装を施した対地攻撃専用の攻撃ヘリAH‐1コブラを作って投入する。

もとは非武装型のUH‐1を護衛するために開発されたものだが、機関銃よりも口径の大きな機関砲と対戦車誘導弾を装備したことで、敵の装甲車や軽車両のみならず戦車や舟艇等の攻撃用途に適することが、ベトナムの戦場で証明された。

陸自がこれに興味を持ったのは当然のなりゆきともいえる。ベトナム戦争まっただなかの一九六〇年代初頭に初期型のUH‐1Bを、その後、一九七〇年代後期にAH‐1Sの導入を開始した。

二一世紀のいまは、それぞれ後継のUH‐60JAブラックホーク、AH‐64ロングボウ・アパッチへと変わりつつあるが、後者については調達コストの問題から予定調達数に達することなく、調達が打ち切られた。

　そのため陸自では、いまもＡＨ‐１Ｓの発展型が攻撃ヘリの主力となっているが、二〇〇〇年以降に発生したイラク戦争、アフガニスタン紛争において、この攻撃ヘリ自体の脆弱（ぜいじゃく）性が露呈することになった。

　そこで、陸自にも自前の対地支援攻撃のみならず、空自機による支援も得られるように整備すべきとの声が再びあがるようになった。

　ＦＡＣや爆弾誘導員の養成もその一つである。

　ＦＡＣが対地支援攻撃において幅広く航空管制をおこなうのに対して、爆弾誘導員は地上において爆撃目標へレーザー照射をおこなう。そのレーザー反射を捕捉して目標へと向かう空自機搭載の空対地ミサイルや誘導爆弾を、まさしく誘導するのがその役目である。

　むろん陸自は、ゆくゆくはＶ‐22Ｂオスプレイの武装、爆装化を実現させ、従来の攻撃ヘリに代わって、名実ともに対地支援攻撃機といえる自前の支援機を整備するつもりなのだろうが、そのためにも地上と空を電波でつなぐすべを習得しておく必要があった。

　攻撃ヘリの最大の弱点は、その低速ゆえに地上目標への攻撃に際して、逆に地上の対空兵器によって返り討ちにあいやすいことにある。

　かつてはその低速を生かして、地上すれすれに飛んで敵の目をかわし、敵のふいを衝いて奇襲攻撃をおこない、すばやく離脱するといった戦術（匍匐（ほふく）飛行）が有効と目されていた。

　しかし、携帯型や車両搭載型のＳＡＭ（地対空誘導弾）が劇的な進化を遂げ、また民兵であってもＲＰＧ（対戦車ロケット弾）や重機関銃を手にするようになった時代には、むしろそれが仇（あだ）となる状況が生まれていた。

新世代のＳＡＭは、航空機のフレアやチャフといった被弾回避のための欺瞞、防御手段にも、そう簡単には騙されなくなっている。

ＲＰＧには誘導装置はないが、ヘリが低空でホバリングしているときには格好の目標となる。コクピットやエンジンに命中しなかったとしても、二つのローター（回転翼）のどちらかが破壊されればバランスを失い墜落する。

イラクやアフガニスタンをはじめ、過去に米軍ヘリがタリバンやゲリラのみならず、正規の兵ではないテロリストや民兵の手によって撃墜されるというケースはめずらしくなかった。

一方、オスプレイの最高速度は、日米戦初期には世界最速の戦闘機とうたわれた旧海軍の零戦に匹敵する時速五六〇キロメートルにもおよぶ。

もともと航空機による対地支援攻撃は、地上部隊からの支援要請ですぐに駆けつけ、敵が対空兵器を使用する間もなく、一気に攻撃あるいは爆撃してこれを無力化し、残存する敵からの反撃を受ける前にすばやく離脱することが理想なのだ。

それには、攻撃ヘリの武装のような個別目標を攻撃する空対地誘導弾や機関砲では十分とはいえず、面で制圧することが可能な爆弾が必要となる。

空自が装備する五〇〇ポンド（二二七キログラム）爆弾は、弾着点の半径およそ三〇〇メートル内で、なんらかの危害がおよぶ。死傷の確率を小さくするには、少なくとも四〇〇メートル、五〇〇メートルといった距離を要する。

しかし近接航空支援でも、地上の彼我の距離が近いときには、味方に危害がおよばないようにするため、個別の目標を対象とした攻撃が必要となる。こうした状況下では、通常は航空支援ではなく、後方に布陣した特科（砲兵）の榴弾砲や迫撃砲がその支援をおこなう。

陸自の特科が保有する一五五ミリ榴弾砲ＦＨ‐70は、最大射程二〇～三〇キロメートルで、弾着点から半径約四〇メートル内の敵は死に至り、八〇メートル内では、小屋や車両等の中にいても高い確率で死傷し、三〇〇メートル内では隠蔽、掩蔽していなければ危害をこうむる可能性が高い。

砲弾は爆発した瞬間に強力な爆風と衝撃波を発するだけでなく、一〇ミリを超える大きさの破片数千個を、小銃弾の初速に匹敵するかそれ以上の速さで周囲へとまき散らす。

したがって、味方は少なくとも三〇〇メートル以上離れている必要があるが、支援機が投下する五〇〇ポンド爆弾の危害範囲に比べれば、その距離は短い。

また、いまは野砲もコンピュータと射撃管制システムによって砲撃をおこなうため、敵情や射撃に要する諸元、基準砲による試射弾着の観測が正確ならば、ときに誤差数メートルという驚異的な命中率での効力射（実際に敵に損害を与える射撃）を可能とする。

それだけではない。陸自の特科は、曳火射撃でも世界トップクラスの実力を有している。

これは目標物や地面への弾着時ではなく、あえて敵の頭上で、つまり敵陣の空中で砲弾を爆発させることによって、より広範囲に、しかも土嚢（どのう）の陰や壕に隠蔽、掩蔽している敵兵等にも殺傷効果がおよぶ射撃方法である。

陸自は、それを異なる種類の砲や砲列からおこない、同じタイミングで目標の上空において爆発させることができるのだ。この特科の神業ともいうべき能力は、べつに秘匿されているわけではない。年に一度、一般公開される富士総合火力演習でも披露されている。

二〇一〇年一一月に朝鮮半島で発生した延坪（ヨンピョン）島砲撃では、およそ一七キロメートルの距離で北朝鮮軍と韓国軍の砲兵部隊が砲撃戦を展開したが、双方ともおよそ半分は目標に命中していない。

この結果に日本では一部に、北朝鮮軍が曲射、間接照準で半分を島に弾着させていることは驚異的であるとの声もあがったが、おそらくは、そこには艦砲との混同がみられるのだろう。

マニュアル照準の場合、波で動揺する艦上からの砲撃と地上の野砲の砲撃とでは、その命中率には雲泥の差が生じる。

艦砲では彼我の距離にもよるとはいえ、いずれにしてもマニュアルだと、直接照準であっても二割を超える命中率を得るのはかなり厳しい。それと比較すれば、五割という数字は驚異的ということになるが、近世までの戦いならともかく、現代の野砲ではそれはあたらない。

マニュアルだろうがシステムだろうが、野砲で射弾の半分が目標への弾着どころか効力射すらもろくに得られていないというのは、たんに練度の問題であり、要するに練度が著しく低いというほかない。

そもそも長距離射撃を余儀なくされる野砲は、どこの国の軍の砲兵隊であっても、基本的に曲射であり間接照準なのである。

しかも、その弾着も半分が海ではなく島であったというだけで、実際には一〇〇発以上を発射したにもかかわらず、目標（韓国軍部隊）の制圧や面の制圧に至るような統制された弾着は見られなかった。

四発が陣地内に命中し、そのうち韓国軍の複数あった自走砲陣地の一つを直撃したのは一発、別の陣地への至近弾が一発にすぎない。

むろん弾着があれば、その周辺にも被害をもたらすことから一発二発であっても、陣地内の砲のみならず、兵舎や施設なども無傷ではいられない。だが、これによる被害は日本の報道をみるかぎりでは　韓国軍兵士死者二名、重軽傷者一六名となっている。また島民は避難したものの、数名が死傷している。

火点からは山で閉ざされ、直接照準できないその山の反対側にある街へ弾着させるといったことも、基本的な数学と物理法則の知識、それに方向盤やコリメーターなどの道具さえあれば、どこの国の軍の砲兵隊であってもできることだ。

しかも北朝鮮軍と韓国軍との距離は二〇キロメートルと離れておらず、北朝鮮軍の砲兵隊は韓国側のテレビ、ラジオ報道はもちろんのこと、小型のUAV（無人偵察機）や、おそらく韓国内の工作員、協力者等からも情報を得て、容易に弾着の状況も確認できていたはずである。

そもそも韓国軍陣地は、砲撃戦の前から固定されており、北朝鮮軍側は事前に基本的な射撃諸元を十分に得られていたに違いない。

逆にいえば、北朝鮮軍は効力射に要する射撃諸元やその修正に必要な弾着を観測していながら、半分しか命中できなかったということになる。

韓国軍の対抗射撃については、事前に北からのECM（電子戦）攻撃を受けており、自走砲の射撃管制システムが機能せず、マニュアルで砲撃をおこなったとする説がある。

だがマニュアルであっても、陸自のように日頃から基準砲による試射と修正の訓練に徹してさえいれば、五〇発（八〇発という説もある）も発射して目標へ一発も命中しないということは、現代戦においては基本的にありえない。

このことからうかがい知れるのは、やはり北朝鮮軍にしろ韓国軍にしろ、野砲の精密射撃は先進諸国の軍に比し、著しく劣るのではないかということだ。おおげさにいえば、旧日本陸軍以下とさえ考えられる。

だが、これはおそらく長い間休戦状態のまま、臨戦態勢に置かれている両国軍ゆえのことだろう。

自衛隊は、特に陸上自衛隊は火器の射撃に関しては、それが模擬であろうが実弾であろうが、徹底して精密射撃にこだわっている。ものが小銃であれ榴弾砲であれ、同じである。

法律やコストの面で武器弾薬の調達にかぎりがある自衛隊では、訓練か実戦かに関係なく、弾の消費を抑えつつ、最大の効果をあげることが基本とされている。

特に海空と比べて、多種多様の火器を有する陸自は、その弾薬弾種も多岐にわたることから、実弾の発射訓練等においても、一度の訓練で一つの部隊が発射可能な弾の種類も数も厳密に決められている。そのため米英軍のごとく、兵士が命中する感覚を体得するまで撃ちまくるといったことは、逆立ちしてもできない。

これに対して、北朝鮮軍や韓国軍は米英軍のように常に戦場や実戦の経験があるというわけではないが、臨戦態勢にあることには変わりなく、ひとたび再戦となれば、とにかく早い段階で持てる火力を投じて相手を圧するほかない。

つまり、基本的に面を制圧するための野砲であるのに、狙撃手のごとくいちいち狙って撃っていられるかということになる。

しかし結果だけをみれば、一見実戦的な観点からは理にかなっているようにも見えるそうした戦い方は、実はたいして費用対効果を生まないということをこの砲撃事件は示していた。

だいいち韓国側に被害をもたらしたのは、北の自走砲や野砲ではなく多連装ロケット砲であるとみられており、脅威というのであれば、むしろそちらのほうだろう。

多連装ロケット砲は弾体一つ一つの命中精度には劣るが、野砲のように砲撃のための細かい準備を必要とせず、操作も簡便で、短時間の斉射によって面を制圧する。敵の集結地や市街地など広範囲の敵地をいっきに叩く際に適した火砲である。

そのため軍の陣地と市街地が近接しているような場合には、一度にどちらの側にも被害を与えることができる。

今日、北朝鮮軍は数千ともいわれる旧型のみならず、中国やロシアから得たか、あるいはそれをモデルとして自国開発した新型の多連装ロケット砲についても、その数は定かではないとはいえ、確実に保有しているに違いなかった。

陸自にも同種の武器はあるが、その命中精度はこれもまた、中国や北朝鮮が保有する旧型のそれをはるかにしのぐ。米軍が開発した陸自のMLRS（多連装ロケットシステム）は、システムと称されているとおり、射撃管制システムによって発射される。

その信頼性の高さは、海上の揺れる輸送艦の甲板から沿岸部や島にいる敵への効力射を可能にするほどだ。

榴弾砲の場合には、射撃指揮所はいきなり砲列に指示を送るのではなく、まず砲列の中から指定した基準砲による数発の試射を実施し、それによって得られたデータと観測班からの情報をもとに射撃諸元を算出し、これを各砲（砲列）へと送って最初の斉射へと至る。

次に、その弾着の状況を観測班等からの報告や修正要求によって確認し、新たな諸元を砲列へと送り、効力射へと移行する。

これにより射程二〇キロメートルでも、陸自特科の一五五ミリ榴弾砲の命中誤差は、さすがにこれについては公表されることがないとはいえ、それこそ非常に驚異的なものであることはまちがいない。

ネット上に出ている同型の砲についての一般論的な記述などは、少なくとも陸自に関しては、まりあてにならない。

いずれにしろ命中はおろか、どちらも島への弾着ですら半分しかできなかったという北朝鮮軍や韓国軍のそれとは、およそ比較にさえならないことだけは確かである。

敵制圧の効果をもたらす効力射の後は、すぐに陣地転換して、対砲レーダー等により我が方の位置をつかんだ敵からの反撃を回避する。

陸自が長らく空自の対地支援攻撃を要請することに消極的だったのには、こうした事情もあったのだ。

冷戦時代、ソ連軍が海から上陸侵攻して日本本土に達した場合、陸自は敵の海岸堡が築かれる前に対処する、いわば水際殲滅を基本戦術としていた。

それでもさらに内陸部に侵攻してくる敵には、こちらの地の利を生かし、先遣隊による遊撃戦と本隊による機動戦によって敵を各個撃破するという戦術がたてられていた。

その場合には接近戦が予想されるが、個別の目標の攻撃に長けた火砲による火力支援や攻撃ヘリが役立つと考えられたのである。

ところが冷戦が終結し、水際殲滅を旨とする着上陸対処はその可能性が薄れ、ヘリボーンのみならず部隊の機動力の大幅な増強を図ることによって、一九九〇年代以降は、かぎられた兵力でも柔軟かつ即応可能な陸自を目指すことになる。

攻撃ヘリの倍近くの速度で飛び、汎用ヘリよりも積載能力が高いオスプレイが対地攻撃支援機となれば、一九七〇年代、八〇年代に完成された陸自のヘリボーンも陳腐化せず、その戦術的な耐用年数も増すことになる。

武装オスプレイの強力な援護のもと、空中機動旅団とも称される第一二旅団のようなUH - 60JAに搭載された普通科部隊が、空からすばやく駆けつけて初動対処にあたる。そして、その間に高機動車や装甲戦闘車、戦車等を軸とする主力本隊が訪れ、敵の掃討殲滅に移るのである。

要するに二〇世紀の時代には、陸自の普通科の部隊が眼前の強力な敵を排除しようと空からの攻撃、爆撃を空自に依頼しても、飛んできた空自機に対して地上の陸自隊員は、敵情や爆撃の効果等を空自機の操縦士にリアルタイムで伝えることができなかった。

だが二一世紀のいま、陸自の地上部隊は陸のコブラ（対戦車ヘリ）だけでなく、空のコブラ（F - 15J）からもデータリンクを介して、支援を得ることが可能となりつつあった。

ただ長澤三佐のF - 15Jは、リンク機といっても飛行管制は非リンク機とそう変わらず、基地管制との無線のやりとりを必要とした。

「デイゴ、コブラ、ジィロワン、タリホー、ターゲット、インサイト（那覇DC、こちら教導隊機01、目標を発見）」

「コブラ、ジィロワン、ラッジャッ（教導隊機01、こちら那覇基地、了解）」

DCとは防空指令所のことで、要撃機はおもにここからの指示で対処にあたることになる。

今回の任務はスクランブル、つまり敵機や国籍不明機に対する領空侵犯対処ではなく、中国漁船の監視だった。

しかし漁船でも、それが漁船に偽装したスパイ船であることは、これまでのP‐3C哨戒機による監視ではっきりしていた。

漁網や集魚灯も置かれており、一見すると沖合漁でふつうに見られる一五〇トンクラスの漁船の造りだが、明らかにそれには似つかわしくない様々な通信用の無線アンテナが何本も立っている。

さらにその船は、さかんに中国語による無線を陸の基地と交わしたり、おそらくは暗号化された謎の通信を発したりといったことが、海自のP‐3Cのほか、護衛艦や陸自の電波傍受によってもわかっていた。

スパイ船は、海上保安庁（海保）の巡視船艇や海自護衛艦との接触を嫌ってか、多くの場合ほかの中国漁船とともに日本の領海の外にいたが、まれに中国艦とともに領海内に入り、自国の海にいるかのごとくに活動する。

中国のこうした偽装漁船によるスパイ活動は、いまに始まったことではなかったが、南西防衛戦以降しばらく姿を見せなかったその船が、ここ一、二か月でまたその姿を見せるようになった。

P‐3C等でスパイ船であることが判明しているその目標に向けて、空自の主力戦闘機であるF‐15Jが今回派遣されたのには、はっきりとした理由があった。

それもただのF‐15Jではなく、空自最強の、いや世界でもトップクラスといわれる飛行教導群のF‐15Jである。

統幕は空自のF‐15Jが十分な対地対艦攻撃力を持たないことを、中国軍も知っているはずだと考えていた。

対地対艦攻撃力を有するF‐2やF‐4EJではなく、F‐15Jならば、スパイ船を威圧するために差し向けても、中国側が一線を越えた反撃反攻に至ることはないとの判断である。

四〇歳になったばかりの長澤三佐は、飛行教導群のパイロットにのみ与えられる中級教導資格を持ち、来年には二佐への昇任も確実視されていた。

飛行教導群の前身は一九八一年に発足した飛行教導隊で、その目的は空自要撃機パイロットのACM、すなわち空中戦闘機動の研究と能力の向上にあった。

俗にいうドッグファイト、空中戦である。

要するに、第一線にあるパイロットの空中戦の腕を磨くために作られた「トップガン」のスクール、それがコブラのスコードロン・マークを持つ飛行教導群なのだ。

前身の飛行教導隊よりも二〇年以上も前、一九六〇年代には空中機動研究班、戦技研究班と称して、同隊と同様の主旨を有するいわゆるアクロバットチームも結成されていたが、これはのちに曲技飛行の展示に特化した「ブルーインパルス」となった。

このブルーインパルスは、たしかに曲技飛行の完成度を高めるため、機動や編隊飛行等についての研究や実技をおこなっているが、それは必ずしも実戦的な戦技を意味しない。

そこで、ACMに特化した部隊が求められた。むろん、それには必然的に地上の要撃管制の向上や研究も求められることになる。

さらに二一世紀に入り、弾道ミサイル対処や電子戦等々、航空作戦の多様化にともない、これらを一元的に教導する「航空戦術教導団」が置かれることになった。

飛行教導隊も飛行教導群として、その航空戦術教導団の隷下部隊の一つとされたのである。

その教官は、当然ながら機動も戦技も抜群の腕前を持つ者が、各飛行隊から選抜されることに、むかしからなっている。しかし、それだけではこの群の飛行隊には入れないし、入る資格があるとはみなされない。

つまり、各飛行隊から戦技の修得のために派遣されてきたパイロットのうち、将来教官としての資質、適性があると、飛行教導群の教官たちからお墨付きを与えられた者だけしか、その仲間に加わることはできない。

いくら技能に秀でていても、それをうまく他のパイロットに伝授することができないような者は、飛行教導群の教官にはなれないのである。

職人であれアスリートであれ、世の中にはその道の一流の者が、ただそれだけで弟子や後輩を育てる役にまわるという傾向が強いが、この飛行教導群ではそれは通用しない。教官として必要な能力に欠ける者は、その腕に関係なく用なしなのだ。

それだけに、毎年ここ（飛行教導群）には、いずれも腕におぼえのあるパイロットたちが、最初はどうだといわんばかりの意気込みでやってくるが、ほとんどの者が指導を受けるにつれて自信を失い、その顔は不安と焦り（あせ）に満ちてくる。

だがその訓練生が、いわば過酷な「試験」に合格するか否かは、そこからなのだ。

自分に不足する部分をいかに克服し、工夫し、なお考え、どのように努力すべきかについて、ただ受け身の姿勢だけでなく、みずから積極的に取り組むことができるかどうか、教官たちはそこを深く鋭く見ている。

さらには、そのことを感覚的に得ることができた、体得できたというのでは、合格はおぼつかない。理路整然とそれを教官らに説明できる、他のパイロットに正確に伝えることができるロジックも必要となる。

ここの教官に必要なのは、一流の職人が弟子に叩き込むような、ただ見て覚えろといったことではない。自分が実際にやってみせたことを、候補生たちがどう考え、どう反応すれば、同じことができるようになるかを伝授することなのだ。

しかも教官らがやってみせることは、たんに一流の技というのではなく、ほとんど神がかり的なもので、そう簡単に修得できるようなものではない。

たとえば、訓練生のレベルが一本の針の穴に時間をかけて糸を通すことができるくらいだとすると、その者に対して教官は、三本の針の穴に瞬時に糸を通すにはどうすればよいかといったことを教えるのである。

実戦では、必ず一対一の空中戦に持ち込めるとはかぎらず、またうまく優位な背後につくことができた場合でも、時間をかけて照準ができるとはかぎらない。

その一機の敵機を追う最中に、新たに二機の敵機が出現したら、どう対処するのか。

ただ逃げるのか、逃げるにしても逃げながら反転攻撃するのか、さらには三機とも撃墜する方法はあるのか。あるとすれば、どのような機動や戦術に持ち込めばよいのか。

また、これが単機での対処ではなくエレメント(二機)の場合には、リーダー(隊長機)はどう対処し、ウイングマン(僚機)はどう対処するのか。

三次元空間である。こうした一つの事例に対しても、彼我の位置関係や数、天候、装備した武器の種類等、そのときどきの条件や状況の違いによって、その解はいくつにも分かれることになる。

机上で考えるだけでも複雑な問題の解を、訓練生たちは実際に飛んで一つ一つ見つけ出し、その経験をただの経験としてだけでなく、技として修得しなければならない。

むろん、教官がそうやって伝えたことを、みずから考えて工夫し、やるかやらないかは訓練生自身の問題になる。

事実、教官に言われたことをうまく生かせないまま、訓練期間を終える者も少なくない。生き残れる者は、極めてかぎられているだけに、その生き残った者の技量がいかばかりかは疑うべくもない。

しかし、この飛行教導群飛行隊の本来の真価は、べつのところにある。なにか。それはけっして外部に公表されることはない。

ただ一つ、この飛行隊は、日本の周辺国を含む主要な国の空軍の戦技も駆使できるということだけが明かされている。

それがどこの国の空軍か、どういう戦技を修得しているかについては、むろん秘とされている。

だがこれからわかることは、訓練生らはときに、有事の場合に敵となる可能性がある国の空軍機との模擬戦をおこなっているということだ。

いわば敵空軍の一流パイロットとも、互角かそれ以上に戦うことができるようになるための訓練を受けているのである。

このことから飛行教導群は、飛行教導隊当時からアグレッサー（敵部隊・対抗部隊）とも称されていた。訓練とはいえ、侵攻してきた敵機あるいは敵編隊と化し、飛行教導群のほうから各地の飛行隊へと突如殴り込み、一戦をまじえ、その結果を評価する。

むろん、本来ならほとんどのケースにおいて、飛行教導群側の勝利ということになるが、勝敗を決することが目的ではなく、空中戦における機動や戦術を伝えることが目的であるため、あえてキル（撃墜）されることもある。

相当腕に自信のあるパイロットでさえ近寄りがたい最精鋭とはいえ、情け容赦ない鬼パイロットの飛行隊ではないのだ。

長澤三佐も例外ではなかった。同僚の中には多少気の荒い者もいるが、だいたいの者は思考する体育会系人間といったふうで、ふだんから落ち着いている。

訓練や指導の際には、まれに思考をめぐらせながらも、やや熱くなるようなこともあるが、それはそれでパイロットには必要なことでもある。

だが、三か月前の上のあの物の言いようには、さすがの長澤も思わずカッとなりそうになった。

「陸自がレンジャー教育を各連隊で実施しているように、高度な戦技教育も各部隊でもやろうと思えばできる。ＡＣＭだけの飛行教導群なら必要ない」

相手も、こちらを奮起させようと意図的にそう発したのだろうが、これでは「おまえらは空中戦しか能がない」と言われているようなものだ。

それに陸自のレンジャー教育も幹部教官の育成は、富士学校のみでおこなわれている。

たしかに、Ｆ‐15Ｊ／ＤＪは空自への導入に際して爆装は必要ない、いやあってはならないとして敵機の迎撃、要撃に特化していた。

その後、爆撃照準器が取りつけられ、爆装も可能なように仕様が変更されたが、支援攻撃機として対地対艦攻撃ができるＦ‐２やＦ‐４ＥＪにはおよばない。

それでも、ここ（飛行教導群）に選ばれて集うパイロットは、いずれもＦ‐15Ｊでの対地攻撃の腕にも優れた者ばかりである。

それどころか、Ｆ‐15Ｊを自分の手足のごとくにあつかい、機のすべてを知りつくしていると言えるほどだ。

Ｆ‐15Ｊにできることならば、やれと言われたらどんなことでもやれるという自信が、みなにある。

にもかかわらず、おまえらはＡＣＭしかやれないのかと、あたかもケンカ腰のように言ってきたのだ。

上が何を言いたいのか、何を求めているのかは、早くからみなわかっていた。それも空自のＦ‐15Ｊが、実戦で初めて撃墜されたあの南西防衛戦の前から。

いまの時代、Ｆ‐15Ｊ／ＤＪはすでに旧型機の部類に入るがＭＪのような近代化改修によって、今後、少なくとも二〇四〇年までの二〇年間は運用されることが決まっている。

だが、あと一〇年と経たないうちに、主力機の座は、まさに新世代機と呼ぶにふさわしいＦ‐35Ａにとって代わられることになる。

調達は予算との兼ね合いもあることから、一度に総替えされるようなことはないとはいえ、二〇一七年に最初のＦ‐35Ａ飛行隊が置かれて以降、次々に各飛行隊での世代交代が進んでいた。

長澤たちＦ‐15Ｊの飛行隊に残された道は、退役が確定しているＦ‐４ＥＪの後を、Ｆ‐２とともに引き継ぐことだけだった。

すなわち支援戦闘機、あるいは多用途機としての存続である。それには空中戦技だけでなく、対地対艦攻撃ミッションや偵察ミッションもこなす必要がある。

これまでＦ‐２とＦ‐４ＥＪの二機種が支援戦闘機として運用されてきたが、前者がはなからその用途で開発されたのに対して、後者はもともとＦ‐15Ｊ同様の要撃機、主力戦闘機の座にあった。

一九八〇年代の後半から要撃戦闘の主力とされてきたＦ‐15Ｊが、Ｆ‐４ＥＪと同じ道をたどることは、早くから誰の目にも明らかだったのである。

長澤三佐ら飛行教導群の面々にも、すでにそのときが訪れていることはわかっていた。

しかし一方で、F‐35Aの部隊配備が整うまでは、いや整備されたのちにも、F‐15Jによる戦技教育に終止符が打たれることはないとの自負が、みなにはあった。

そうであったとしても、早晩、支援戦闘機に転換されることになるF‐15Jには、当然ながら要撃機としての任務だけでなく、あらゆる任務が求められる。

要は、長澤らに今回それをやってみせろというわけである。

上の思惑は中国側を刺激して様子をみるということのほかに、もう一つあった。

一〇日前の硫黄島上空での海自P‐1哨戒機の被弾が、中国軍によるものであることを上は疑っていたのである。いや疑うというよりも、それは確信に近かった。

P‐1は、中国海軍のものとほぼ間違いないと思われる潜水艦を捕捉していたときに、どこから飛んできたのかわからない対空ミサイルによって被弾した。

おそらくは、海上の小型船かそうでなければ島に上陸潜入した中国の工作員、あるいは兵によるものと考えられたが、一週間におよぶ警察や海自の捜査、国の事故調査委員会の調査等でも、なおはっきりとした答えは得られていなかった。

日本政府は何度か事件に絡むそうした問いを中国側へと重ねたが、相手は否定を繰り返すだけだった。

ただP‐1が被弾した同日の夕方、厳戒態勢を強いていた硫黄島で、正体不明の武装船と少人数のグループを陸自の対戦車隊が攻撃し、多くの残骸が回収されたものの、そこにも中国軍の仕業を裏付ける証拠は、なに一つ発見されなかったのである。

一連の状況が、ほぼ間違いなく中国によるものであることを示しながらも、その確証を得られずに焦る政府は、自衛隊に解決策を求めた。

しかし、それなりに情報収集のすべはあっても、政府同様に軍事アナリスト不在、軍事分析の部隊や部署を持たない自衛隊にも、中国軍の企図を言いあてるようなことはできなかった。

それでも軍の態様を持つ自衛隊であるがゆえに、向こうの軍に対して文言による政治的メッセージではなく、行動による軍事的メッセージを送ることはできる。

――そっちがやらかしたことは、すべてお見通しだ。これ以上やるなら、こちらにも覚悟があると。

リスクは小さいとはいえなかったが、政府もそれに同意したのだ。

スパイ船の活動は、中国本土の中国軍機の動きとなんらかの関係があるらしく、東部戦区の浙江（せっこう）省に置かれた部隊に属すると思われる中国軍機の動きが、このところ活発となっていた。

それも一機二機といったレベルではない。三機四機の編隊で基地を離れ、台湾北部の空域を目指すのである。

その数は、ときに数十機にもおよぶことがあり、空自の南西航空方面隊においては、再び中国軍による侵攻のおそれもありうるとして、日々厳重な警戒態勢を余儀なくされていた。

中国機はその後、尖閣の我が国領空へと至る寸前でUターンするといった感じで、日本への挑発とも思える飛行を繰り返していた。

これにより空自那覇基地の第九航空団に所属す

る二〇四、三〇四の二個飛行隊は、いずれも連日CAP（戦闘空中哨戒）にスクランブルと、フル稼働状態にあった。

　これまでスパイ船が領海内に入った際も、日本側が臨検や拿捕に至ることはなかった。

　南西防衛戦について、中国側は一部の民兵と兵士らが起こした突発的な事故であると主張しており、日本としても一度終息をみた事案について、それ以上、事を荒立てたくはない。

　そのため尖閣周辺の中国側の動きについても、日中衝突前の状況に戻すことに腐心していたのである。

　むろん中国側も、それを承知で自衛隊や海保はスパイ船に手を出さないだろうと踏んでいた。

　しかし、もしスパイ船に呼応して中国軍機が動いているのなら、こちらからスパイ船へ圧力をかけた場合、中国側もそれに対してなんらかの反応を示すはずである。

　そう読んだ自衛隊の統合幕僚監部（統幕）は、中国側の意図を測りかねていた政府に、F-15Jによるスパイ船へのデモンストレーションを提案した。

　ただ、それが実際にどういう結果をもたらすかは、統幕ほか自衛隊の上層部でも、誰もはっきりとした答えは持っていなかった。

　試してみなければわからないが、試さなければ何もわからなかったのである。

　長澤三佐は機を大きく旋回させたのち、射爆撃照準のコースに移ると、まず六〇〇フィート（約一八〇メートル）まで一気に降下し、さらに三〇〇フィート（約九〇メートル）まで降下した。

　パイロットのうちでは、草を刈るともいわれる超低空である。

長澤三佐は、さらにその半分、海上から四、五〇メートルの高さでも、F‐15Jを高速で飛ばすことができた。ただ、その高度で小型船舶の上を飛べば、船や乗組員に危害がおよぶこともある。

そもそも戦闘機で海上九〇メートルのところを飛ぶこと自体、ほとんど自殺行為に等しい。

それでも、敵のレーダー基地が海抜一〇〇メートル超のところにある場合、海上一〇〇メートル以下を飛行することができれば、その間、敵のレーダーに捕捉されることはない。

実際に一九七六年の函館ミグ事件の当事者は、それによって空自のレーダー網をかいくぐったのである。

まだ飛行教導隊さえ設立されていないときで、当時の空自内には衝撃が走った。それは上だけでなく、第一線のパイロットも同じだった。

――本当に、中尉がそんな低空を長時間飛行したのか。

彼らは、ソ連空軍パイロットのその技量に驚愕したのである。

空自の戦闘機パイロットで中尉に相当する二尉といえば、ようやく僚機として編隊を組んでの戦闘機動を可能とし、優秀な者でも、せいぜい飛行隊での編隊長見習いといった立場にすぎない。

だがソ連空軍のパイロットは、おそらくそれ以上の腕を有すると考えられたのである。

というのもミグ機のベレンコ中尉は、海上すれすれの超低空飛行で日本の防空網を破っただけでなく、空自要撃機の捜索からも逃れて追尾されることなく、函館空港へと着陸したからだ。

これについて、スクランブル（緊急発進）した当時の空自F‐4EJのレーダーでは、自機の下方を捜索する（ルックダウン）能力に限界があったと釈明されたものの、実際の侵攻であったら、そうした釈明はなんら意味をなさない。

　一時的に基地のレーダーに捕捉されていた国籍不明機が突如消えたことや、その消えた機を要撃管制によっても空自が対処できなかったという事実は、その当時の空自の能力の限界というよりは、むしろ対処方法に不備や穴があったことを示している。

　機やレーダーの限界、性能の問題にして逃げを打つような組織であっては、実戦で本当に役に立つのかという疑問が施策者や国民から投じられてもしかたがない。

　これによって空自は要撃管制の精度を高め、戦闘機パイロットによる空中戦闘機動の研究、向上が不可欠との決心に至ったのだ。

　そして、ミグ事件から五年後に置かれたのが飛行教導隊である。

　長澤三佐は、自衛官だが軍人だった。この超低空飛行の際に、あるいは目標からの機関砲や対空ミサイルによる反撃もあり得るとの覚悟を持っていた。

　――Flying past（フライング・パスト、頭上通過）。よし、このままやる。

　長澤三佐自身は震えはしなかったが、機は大きく震えると、スピードスケートの選手が氷のリンクを滑るように、ほとんど海面をこするかのごとくに感じられ、機はそのまま目標へと突進した。

　目標を真正面に捉えてからは三秒、いや二秒、あるいは一秒とはかかっていなかったかもしれない。

　F‐15Jは轟音を発したまま、目標のスパイ船上を瞬時にフライング・パストしたが、船上にいやらしく何本も伸びたアンテナを、二発の強力なターボファン・エンジンの後炎で吹き飛ばしたのではないかと、機上の長澤は思った。

すぐに左旋回して離脱に入った熟練の域をも超えたイーグル・ドライバー（F‐15Jパイロットの通称）は、急激なG（重力）をものともせず、「よいしょ」と首を振って目標を再度視認する。

日本の領海内にありながら、海保の巡視船艇の警告を無視し、なかなか出ていこうとしないスパイ船からは、味方の艦船はすでに遠く距離を置いていた。

F‐15Jの飛来を事前に聞かされていたそれらは、低空飛行の邪魔にならないよう、かなり遠巻きに目標を監視していたのである。

改修前とは異なる兵装コントロール・パネルの表示部やHUD（ヘッドアップ・ディスプレイ）、それにECM表示部にも、大きな危険を告げる表示は出ていない。

HUDはパイロットが風防越しに見える外の景色や様子から目を離すことなく、自機や目標（敵機）の速度、高度、位置、ミサイルの接近といったことを、数値や記号によって知ることのできるディスプレイだ。

これによりパイロットは、コクピット内の計器パネル等のあちこちの表示を下向き加減に目を移していちいち読み取らなくても、ヘッドアップつまり頭を上げたままで、風防越しに外の様子を捉えつつ必要な情報の多くを得ることができる。

その原理自体は第二次世界大戦前から研究されており、日米戦中にはアナログ式のそれが零戦にも採用されていた。九八式や三式一号といった射爆照準器である。

装置下部の光源（電球）の光をレンズで集光し鏡で反射させて、アクリルの反射ガラスに照準環を投影するという簡単なものだが、それまでの照準眼鏡（狙撃銃の照準器を大きくしたようなもの）

とは異なり、照準に際してパイロットが照準器に接眼する必要がない。

むろんF‐15JのHUDにも、射爆撃の際には零戦のような光像式ではなくデジタル処理されたレチクル（照準環）が表示される。

異変が起きたのは、二度めのフライング・パストの直後だった。

尖閣方面で半径数百キロメートルという広大な範囲を上空から監視していたAWACS（早期警戒管制機）からリンクを介して、国籍不明機の飛来を示すメッセージが数値と記号で送られてきた。

長澤三佐が、念のため直接AWACSに無線で問い合わせると、すぐに航空無線独特の英語で応答してきた。

「フォー、バンディット、ベアリング、ツー、ツー、ファイフ、ワン、シックス、ジィロ、マイル、エンジェル　ファイフ（敵機四機、二二五度、一六〇マイル、高度五〇〇〇フィート」

高度五〇〇〇フィート（約一五〇〇メートル）というのは、巡航高度よりずっと低く、艦対空ミサイルや対空射撃によるリスクを大きくする。にもかかわらず、この高度で飛んでくるということは、敵機は明らかに空中戦を意識していると長澤は読んだ。

この高度から襲われた場合、より低空へ逃れるのは危険が大きい。したがって、奇襲された側はいったん上空へとかわし、敵機の背後を取るための機動へと至ることになる。

むろん、あらかじめこちらが上空へと占位して待ち伏せることもできるが、肉眼での捜索があたり前だったむかしとは違って、機上でもレーダー捜索が常識の現代においては、敵に自分の位置や意図をさらすだけで意味をなさない。

空中戦は望むところだが、その一方で距離が一六〇マイル（約二九六キロメートル）ということは、ぐっと距離を詰めた後に、射程一〇〇キロメートル超となる中射程の空対空ミサイルを放つことも頭に入れて置く必要がある。

それが虎の子のSu‐30MKKフランカーGであれなんであれ、マッハ〇・九の巡航でも一五分ほどでやってくる。

Su‐30MKKは、ロシア製Su‐30MKを一九九〇年代の後半から中国が購入した複座のマルチロール（多用途）戦闘機で、二〇〇四年までに海軍向けを含めて一〇〇機が調達されている。

全長約二二メートル、全高約六・三メートル、全幅は一五メートル弱と、F‐15Jよりもひとまわり大きく、それまでの中国軍機に比べて先進的なアビオニクスを搭載しており、対地対空対艦と武装の幅も広い。

マッハ二の最大速度なら、ここまで来るのに六、七分といったところだろう。だがR‐77空対空ミサイルを装備していれば、それよりもっと早く、彼我の距離が一〇〇キロメートルあたりでミサイルを発射してくる可能性もある。

R‐77は最高速度マッハ五にも達し、距離一〇〇キロメートルでも、計算上は一分と経ずに到達することになるが、実際にはそれよりも長くなるはずだ。とはいえ三分を超えないだろう。

アグレッサーとしてロシアや中国、韓国、それに北朝鮮といった空軍の戦術や戦闘機動をよく知る長澤には、相手の手のうちが読めた。

おそらくその読みどおり、敵は空中戦に至る前に、複数のミサイルを放ってくるに違いなかった。

敵機が、いまから二〇〇キロメートルほどマッハ一を超える高速で飛び、そこからR‐77を発射したとすると、早ければおよそ一〇分で、遅くても一二、三分のうちには最初のミサイルが飛んでくることになる。

逃げるには十分な時間だが、敵機が本当に自分に向けてミサイルを発射してきたり、領空侵犯におよんだりすれば、そのまま看過することはできない。

近くでCAP中の第九航空団の二機が、すぐに対処に移った。

長澤機のレーダーでもそれはしっかりと捉えていたが、無線の声の特徴からそのうちの一機が有明一尉の機であることがわかった。向こうも長澤機であることをわかっているはずだ。

昨年春、飛行教導群で長澤三佐が直接鍛えた訓練生だ。筋がよかった。希望すれば仲間として迎え入れられたはずだが、前線で飛びたいという本人の意向で帰っていったのである。

だが空の上にあって、しかも敵との触接間近という状況では、互いの名を呼んでお久しぶりですなどといったのんきな交信はしていられない。

所属が変わっていなければ、二〇四飛行隊のはずである。もちろん、彼が半年前の戦いで中国機を撃墜したことも、長澤三佐は知っていた。

「敵機J‐7、フィッシュベッド、四機編隊、二個、二二〇度、速度マッハ〇・九、二二〇マイル」

AWACSからの無線は、当然のごとく英語だったが、長澤三佐には、それをはっきりと聞き取り、その意味を完全に理解することができた。

やってくる敵機は計八機である。これに長澤機と有明機、それにもう一機の僚機三機で初動対処することになる。

那覇基地からまだ無線は入らないが、すでに応援のスクランブルが発進しているはずだ。来るなら来いとの思いが飛行教導群の達人パイロットにみなぎった。

NATOコードでいうJ‐7フィッシュベッド

は、中国では殲撃(ジェンジー)七型と称される軽戦闘機だった。一九六〇年代に開発された旧型機というよりは、もはや骨董品である。

ソ連時代のミグ21をベースに作られたものの、系列機は二〇一六年まで生産され、近代化改修された機もあるという。フィッシュベッドの名は、もともとそのミグ21につけられたものだ。

乗員一名、最高速度はマッハ二で三〇ミリ機関砲のほか短距離空対空ミサイル、空対地ロケット弾、五〇〇キロ爆弾等を装備する。

この機を操ったことはないものの、アグレッサーの長澤三佐には、その機動や戦術は完璧にコピーできた。

ミグ21すなわちJ-7は低高度での操縦性に欠けるが、中高度以上の高空では非常に高い機動性を発揮する。

一方、機上レーダーの性能が低いため、敵機を下にみて捜索するルックダウン能力に劣り、短距離ミサイルしか発射できない。ゆえにできるだけ自機よりも下にこちらを見たくないのだ。

空中戦に持ち込みたいのもわかる。そこまで思い至って長澤三佐は、はっとした。

――そうか！　やはり……。

ミグ21は現在のロシアがソ連時代に、西側諸国の爆撃機、攻撃機等を迎撃するために開発したもので、基本的にその「目」は、地上のレーダーに頼ることを前提としている。機のレーダーは、敵機を撃墜するための照準用といってもいいくらいだ。

スパイ船は、そう見せかけているものの、実はミグ21と基本的には同じ機といえるJ-7の海上航空管制をおこなう管制船だったのだ。

何隻の同型船がいるのかわからないが、高度な機材と熟練の管制要員を擁する船である以上、そう多くはないはずである。その管制船を威嚇した長澤機に、中国軍機が襲いかかってくるのも当然なのだ。

長澤三佐は出動前にひょっとするととの思いを有していたが、確信は持てなかった。それに仮にそうであるとしても、なぜ中国軍はそうした策をとの疑問もわく。後者については不明だが、前者については、ほぼまちがいないとの思いを、アグレッサーの長澤は持った。

このことをいちはやく上へ伝えたいと思うが、まずは敵の排除である。

南西防衛戦以降は、慎重な海の対処とは異なり、武装した中国軍機による明らかな領空侵犯など空の脅威については、その排除、対処に際して、こちらも最低限の武力行使は許されるとの判断を政府は示していた。

むろん空自もすでにその通達は受けており、空自機は訓練に際しても、実弾常装の態勢を敷いていた。南西防衛戦の際、低空で侵入してきた中国軍ヘリによって宮古島等が奇襲攻撃を受けたことによる教訓からだ。

中国軍機は、有明機らによる領空侵犯警告を無視し続けている。

「コブラ01、こちら那覇DC、敵機の領空侵犯を阻止せよ」

那覇DC（防空指令所）から指示があった。

敵機のミサイルを探知した際に発せられるミサイル警報はない。長澤機は増速して敵機に向かった。

有明機と僚機のエレメント（二機編隊）も、もう一つの敵編隊へと向かうのが表示器で読み取れる。敵機の接近はそのままで、まだエレメントに散開する様子はみられない。

数分と経ずに彼我の距離は二〇マイル（約三七

キロメートル）に達し、長澤機はお決まりどおりにエレメントに分かれた敵機の一機に食いつくと、あっさりとそのテール（背後）をとってＡＡＭ-５を放ち、撃ち落とした。

　その間に旋回して後ろにつこうとする敵機を、長澤が得意中の得意とするインメルマンターンでかわした直後、逆にその敵機をロックオンし、二〇ミリバルカン砲の二連射で白煙を吹かせた。

　ＡＡＭ-３、ＡＡＭ-４同様に国産のＡＡＭ-５は、民間のハイテク技術の結晶ともいえる高性能の空対空ミサイルだ。Air to Air Missile の頭文字を取ってＡＡＭだが、正式な名称は〇四式空対空誘導弾である。

　むろん、このミサイルに採用されている高度な技術やシステムは、様々な民生機器や産業機器にも使われており、それらが生み出されたところは、防衛装備庁の研究部門にかぎらず民間企業や大学の研究所等々である。

　一発でふつうの新築戸建て一戸分の価格を軽く超えるが、それに見合うだけの性能をほこる。

　〇四式の名称のとおり二〇〇四年に制式（採用が制定されること）化され、全長は約三メートル、直径約一三センチメートルで、推力偏向可能なロケットモーターと尾部の制御翼により高い機動性を有する。

　光ファイバジャイロスコープ、指向性弾頭、アクティブ・レーザー近接信管、赤外線画像誘導システム等々により、敵機によるＥＣＭ（電子妨害）やフレアなどに欺瞞（ぎまん）されることなく、その命中率は一〇〇パーセントといっていいほど高い。

　残りは二機だが、驚くことにそのうち一機は早くも逃走を図ろうとしているようだった。

　残る一機にこちらをロックオンさせないよう、ふつうのパイロットには苦痛でしかないハイＧ

（重力）のかかる複雑な機動を数秒ほど繰り返してから、再び機上のレーダーで捕捉した敵機の側方からまわり込むように大きく旋回しつつ後ろにつき、数百フィートの下方に占位する。

J‐7の機上レーダーでは自機の後方は捜索できない。おそらく敵機には、さっきまで目視していた目標が、UFOのごとく瞬間的に消えたように感じられたはずである。

見えるわけではないが、敵機のパイロットが、どこにいるのかと必死にこちらを探しているさまが手に取るようわかる。

飛行教導群にやって来る訓練生も、ほとんどがそうだ。長澤三佐が知るかぎり、これまでそれを見破ったのは有明一尉だけである。

長澤は、今度はAAM‐3（九〇式空対空誘導弾）を発射した。

一〇秒と経たないうちに燃料タンクにでも直撃したのか、敵機は炎上し四散した。

有明一尉らも各一機ずつを撃墜、残りの二機は一目散に逃げ帰ったようだった。

――三機で五機撃墜か。悪くはないが、まだまだだな。

長澤三佐がそう思ったときだった。

「エンジントラブル、アンコントローラブル、ベイルアウト（エンジン故障、操縦不能、脱出する）」

有明機の僚機が告げてきた。

長澤機が上空直掩するなか、機から射出後、無事パラシュートが開き、海に着水して浮かんでいるはずの同僚を有明機が探す。

一分、二分と経つが確認の無線が入らない。

「ウイングマン、サーバイブ（部下の生存を確認）」

三分が過ぎて有明機からの無線を得た長澤三佐は、よしっと心のうちにそれだけを発すると、すぐにまた鋭い警戒の目を南の空に向けた。

だがその長澤でさえ、自分が派遣されたもう一つの理由があることは知らなかった。

第4章
防衛アナリスト

二〇二〇年三月一一日
市谷本村町（東京都）
防衛省防衛研究所
防衛分析部

ＮＩＤＳと聞いて、それが防衛省のシンクタンクであるとわかる人が、どれくらいいるだろうか。National Institute for Defense Studies の頭文字だが、日本語では「防衛研究所」となる。

研究員の吉川は、自衛隊員であっても自衛官ではなかった。ここにはそうした職員、研究員が数多くいる。いや、ほとんどがそうである。

歴代所長には東大出身者が多かったが、出身大学も東大、京大、慶大、早大、東京外大、大阪大、立命館大、ロンドン大など様々だった。

背は高からず低からずで、スポーツマンといったふうではなかったが、中高生のころには卓球が好きで、所属していたクラブチームの遠征の際は補欠にすら入れなかったものの、応援のため上海に行ったこともある。

独身未婚だが、三年前からつきあっている女性はいて、お互いそろそろという感じではあるものの、仕事のこともあって吉川のほうがもう一歩踏み込めないでいた。

吉川は東大の教養学部を出て、スタンフォード大の大学院に進み博士号（Ph.D）を取得、その後一時期、日本の私大で非常勤、常勤の講師として勤めたあと、三〇歳を過ぎてこの研究所に採用されることになった。

すでに五年になるが専門は軍事分析で、不思議なことにこの研究所では、これまでそうした研究に携わる者がいなかったのだという。

採用は安全保障の戦略・政策の枠だったが、その部署にすでにいた十数人の研究員には、一人として軍事分析に手を染める者がいなかったのである。

吉川があつかう軍事分析とは、他の研究員がおこなっているような外交や戦略、戦術をどう見るかということではなかった。

それもたしかに分析というのであろうが、吉川のそれは社会科学的におこなわれるというよりは、むしろ自然科学寄りのもので、分析者の主観や私感ではなく、より客観性が求められる。

吉川が入所して以降も、同じ分野の研究に携わる者は現れなかった。

この軍事分析の手法を知ったのはスタンフォード時代だが、これには数学はもちろんのこと、統計学や情報処理、関数、ＯＲ（オペレーションズ・リサーチ）といった数理関係の知識が必要とされ、最初のイメージは、それ以前に考えていたものとは大きく違っていた。

スタンフォード大にはフーヴァー研究所があり、当初は米国の自由、保守の観点から戦争や共産主義について研究する組織だったが、今日では安全保障についてはもちろんのこと、軍事技術や防衛、公共政策、危機管理というぐあいに様々な研究をおこなっている。

幸い東大の教養学部は、文理に関係なく学際的な科目の選択や本人次第で他学部の専門科目とほぼ変わらないレベルの履修が可能であり、吉川はスタンフォードでもそういう面では苦労することはなかった。

　実際、教養学部を出て原子力工学や建築学、航空工学といった理工分野の院や業界へと進む者もめずらしくない。

　吉川も院を出た後、九州にある私大工学部の理系の一般教養科目を担当する講師となったが、その大学が無名であったからというようなことではなく、常勤とされて以降も、どこか自分にしっくりとこないところがあった。

　もともと東大教養の後期に進んだのも、前期の文三（文科三類）でこれといったものが見つからなかったからだ。とりあえず科学史、科学論でもやるかという感じで、特になにかを極めたいということもなかったのである。

　スタンフォード行きにしても、語学や成績などたまたま志願条件をすべて満たしており、大学から留学のための奨学金が出るというので、そうしたにすぎなかった。

　それに、それなりにまじめに勉強するつもりではいたが、自費で海外旅行するよりずっといいという考えもないではなかった。

　世の中では、東大に入るような学生は子どものころから目的意識や意志が強く、志も高いのではといったイメージを持たれがちだが、吉川が知るかぎり、そういう学生はむしろ数が少ないように思えた。

　異常なまでに物事に集中したり極めたりといった学生もいたが、おそらくは他大学の学生同様、大半は大学に入ってから進路を決めていくといったふうで、そうがつがつとした感じはみられなかった。

　たしかに文系でも法曹関係や公務員志望、理系では特に医学部については、世間がイメージするような学生が少なからずいるようだが、そういう連中は東大の中でも特別というか、ちょっと違う人間のごとくにみられている。

ひとくちに東大といっても、なかにもある種の棲み分けがあり、吉川は明らかにその他大勢に属する一人であった。

財務、厚労の官僚を目指す人間からみれば、防衛省に？　しかも政策じゃなく研究職？　ということになるのかもしれないが、吉川には私大講師から転身する際も、そうした偏見めいた思いはいっさいなかった。

それどころか自衛隊のことは、言葉や一般知識としては知っていても、それがどういう組織で、どういう思想を持ち、どういう仕事をしているのかまったくといっていいほど知らなかった吉川には、むしろ非常に新鮮にさえ感じられたのである。

防衛省の中にシンクタンクがあることも、吉川は知らなかったが、私大で担当していた科学史の新たな資料をネット上で探しているときに偶然、研究職募集の記事を目にとめ、直観的にこれだと思ったのだ。

冗談ではなく、いっときは自分も自衛官の幹部になれるだろうかと考えたこともあったが、ときすでに遅しで、一般大の学部卒、修士卒が受験できる一般幹部候補生試験の受験年齢は、とっくに超えていた。

「いよいよ当所に防衛分析部を置きたいと思う。とはいっても、当面部員は君だけということになるが、協力してもらえるね」

昨年の暮、所長室に一人呼ばれて所長からそう告げられたとき、吉川はそれほど深くは考えずにわかりましたと返事をしたが、最近は少し安請け合いしてしまったかなと思うようなところもあった。

デスクは他の研究員何人かと同じ部屋にあって、

べつに一人個室にこもって始終パソコンを睨んでいるというわけではないが、その仕事がおよそ一人でこなせるものでないことは、これまで深く体に染みついている。

防衛研究所は、防衛大学校以上に欧米ほか他国の研究機関や学術機関とのワークショップや交流もさかんで、これまで中国の国防大学や北京大学からも人を招き、国際的な危機管理についての意見交換や研究発表もおこなっている。

吉川も、そうした交流に参加することが少なくなかったが、その準備に追われることもままある。

この五年にしても、実務は簡単なテーマを数例こなしただけで、ほとんどは基礎固めというか、分析実務の標準化に向けた作業をおこなってきたにすぎない。

それらは、すでに吉川以外の人間が見ても理解できるような膨大な電子マニュアルとして蓄積されてはいるが、PCのみですべて完結するというものでもなかった。

研究主任といったポストがほしいわけではないが、せめてあと一人か二人、専従の研究員か分析員を置いてほしいと思う。だがそれは、かないそうもない。

武器を持たない頭脳プレーが仕事のシンクタンクといえども、自衛隊同様に予算がついてはじめて機能する。

所長が言う防衛分析とはmilitary analysis（ミリタリー・アナリシス）、軍事分析にほかならない。それが、むかしから軍事という語はまずいというので防衛という語に置き換えられているが、要するに所長は自分に、おそらく日本初のリアルな軍事アナリストになれと言っているのである。吉川は、そう思った。

おそらく今後、ホームページなどでも防衛アナリストの肩書が記されるのだろうが、はたしてその見なれない聞きなれない言葉に、多くの人がどう反応するかを想像するだけでも若干気が重くなりそうだったが、そうも言っていられない。

「今回は論文、報告書レベルですんだこれまでと違って、大臣直々に下ろされてきた案件となる。つまり当所もだが、君の分析部が直接政府部内で試されるということにもなる。

言ってることはわかると思うが、とにかくここ一週間のうちに結果を出してください」

所長の顔が、いつも以上に真剣であることがその真意を物語っている。

吉川にもそれは十分に伝わってきたが、テレビのコメンテーターや評論家のように、自分の主観や私見を告げて、それを一、二枚のペーパーに落とし込めばすむという作業ではない。

仮に取材を要さないとしても、資料の収集や読み込みに二日ないし三日、そこから得た結果をデータ処理するのに一日か二日、その後ようやく分析レポートの作成に入るが、添付資料と合わせて少なくとも十数ページにはなると思われるそれを、校正ともども仕上げるのに二日、いや三日はかかる。むろん、徹夜を覚悟しての数字である。

最短でも五日、一週間というのはぎりぎりだった。

オーダーされたのは、昨日一〇日に発生した硫黄島での海自・陸自の事案と、昨年末から活発化している中国軍の動きとの関係および中国軍の企図についての分析だった。

中朝関係の資料に関しては、吉川は以前から読み込んでいた。その軍事史や外交史についても、東大時代に相当数の書籍、文献を目にしていた。

吉川は、東大には世間一般に思われているほどの際立った秀逸さはなく、他の著名大学とそう大きく変わらないとの思いがあったが、ただ東大生の読書量だけは他の追随を許さないだろうと、それだけは確信できるものがあった。

自分を含めて、東大にいる学生は誰もが例外なく生まれつきの本好きのように思えた。

とにかく本を読む。それも自分の嗜好やジャンルに関係なく、まさに手当たり次第手にとるといったふうで、水を飲むかのごとく空気を吸うかのごとくに誰もが本を読む。

まれに、本をあまり読んでいない学生がいると、周囲から奇異の目で見られるほどだ。べつに大学生だから本を読むべきといった感じではなく、人間ならふつう本を読むでしょうという空気が、東大生の間に流れていることだけはまちがいなかった。

それで吉川も、ここ（防衛研究所）に収蔵されていた中朝関係の資料や本の何冊かは、すでに学生時代に目にしていて、中朝関係の研究をしている研究員からは、話をしていて驚かれるようなこともあった。

だからというわけではないが、吉川には周辺国等の外国を知ることももちろん大事だが、まずはいまの日本を知る必要があるとの思いを強く持っていた。自分を見つめることなく、他人を正しく知ることができないのと同じであると。

政治そのものに強い関心はなかったが、政治を知らなければ、軍事の分析はできない。政策に直結することなら、なおさらである。

政府には、再戦といった事態は避けたいが、このまま中国軍の度し難い威嚇行為を看過し続ければ、それこそ中国軍の本格的な侵攻を許すことになるかもしれないとの思いがあった。

ところが気づいてみると、そうした軍事分析の専門家が、これまで日本には一人もいなかったのである。自衛隊にも情報部門はあって、007並みとはいかずとも、いまではヒューミント（人的情報収集）の要員もいる。

自衛隊の将官も戦史や戦略、戦術についてのプロといえばプロなのだ。

だが軍事分析の専門家、つまり軍事アナリストは、本来は元軍人やジャーナリストや自称専門家などが、自分の知識と経験あるいは人づての情報等を頼りに、芸能レポーターのごとく「私見」を論ずるという職業ではない。

医師や弁護士のように、必要な基本的な学業を修め、実務や学術研究によって専門的な知識を有し、軍や国または企業のシンクタンク等で専門の職につく者のことをさす。

この研究所を志願する際、吉川は念のため米国で募集されている同様の仕事について、その条件や内容を調べてみたことがある。

ＣＩＡ（米中央情報局）が採用する軍事アナリスト職の応募条件は、最低でも政治学、国際関係学、安全保障学、軍事史学のいずれかの分野で、学士か修士以上の学位を有し、そのＧＰＡ（成績）は最高四・〇の評価で三・〇以上であった。

ＧＰＡ（Grade Point Average）は、今日日本でも多くの大学が取り入れているが、かつて日本の大学の成績評価といえば、優・秀・良・可・否と決まっていて、最初から導入していた大学はＩＣＵ（国際基督教大学）ほかごくわずかだった。

このＧＰＡは、たとえば学位取得の最低要件を試験点数で六〇点とし、最高を一〇〇点とした場合、一〇点ごとの四つのグレード（Ａ、Ｂ、Ｃ、Ｄ等）に分け、各グレードを上位から四・〇、三・〇、二・〇、一・〇というふうに数値化して対応させたものだ。

三・〇は、この場合グレードＢに相当し、一〇〇点換算では八〇点から八九点までに位置する者ということになる。

グレードは大学によりS、A、B、Cであったり、AA、A、B、Cであったりするが、GPA自体は変わらないことから、各大学のグレードが異なっても、その学生がどのレベルの成績を得たかがわかる。

たとえば大学ごとの最高グレードがS、AA、A、優というふうに違っても、GPAではいずれも四・〇となることから、その学生が各大学における最上位（クラス）の成績を収めたということが、評価する側では容易にわかる。

さらにGPAは多くの場合、単位を取得した科目ごとに算出されるため、各セメスター（学期）の平均や卒業までの平均についても、GPAで算出することができる。

当然、三・一や三・五といったGPAも算出されることになり、それによって同じGPA三・〇クラスの者でも、上位のほうか下位のほうかもわかるようになっているのだ。

三・〇が最低要件ということは、おそらく採用される者は三・〇の後半か四・〇に至るような成績優秀者になるのだろう。

また、特定の地域や特定の専門ついての知識があるかどうかが問われ、戦略や軍事分野における情報分析の能力の有無が査定される。

国の機関ということもあるが、軍事アナリストは米政府への提言、戦略支援にも深くかかわることから、採用に際しては身体検査のほか心理検査や人物調査、犯罪歴調査などもおこなわれる。

これらのことを満たすには学部卒だけのキャリアでは難しい。修士卒であっても、軍事や安全保障分野に精通した教授なり環境なりに接した者でなければ合格はおぼつかない。

日本では、いまだにテレビや新聞で弾道ミサイルやらテロリストやらを解説する仕事のごとくに思われているが、それはアナリストというよりもコメンテーターに求められるものだ。

軍事アナリストとは、実際にはオペレーションズ・リサーチであるとか数理統計を駆使しながら、内外の多くのペーパー（資料）を読み解き、個人の感想などではなく客観的な事実をもとに、政策や戦略に寄与する情報を発信できる専門家のことをいう。

某国の大将の報道をもとに、顔の表情がどうの、発した言葉がどうの、どこそこに姿を現してうんぬんといった感想を述べるのはコメンテーターにすぎない。

語の出現頻度と確率に関するジップの法則や冪乗則（べきじょうそく）、パレート分布といったごく基本的な数学、統計の知識がなければ、データの関連性や分布すら読み解けない。

読み解けないということは、ある事象について客観性に欠ける分析や判断をくだすことになりかねない。

吉川は入所して以来、当然のごとく近現代戦史についても、そうした観点から見直す作業を重ねてきた。

「客観性に欠ける分析や判断」の誤謬（ごびゅう）性や危険性は、理論のみならず現実においても示されていた。

事実、過去に発生したミッドウェー海戦以降の日米戦は「理論」対「感性（あるいは勘）」の戦いとなり、そして理論が感性に勝ったのだ。むろん作戦を練る米軍の将・士官のすべてが、そうした理論に精通していたわけではない。

しかし彼らは、軍人という仲間内の見解だけでなく、学者や研究者らにも意見を求め、ときに軍人であるがゆえに顕著となる軍人としてのそうした感性以上に、理論的な裏付けを重視するようになったのである。

　その二分化は米軍の中にもみられ、軍人たる将の才に長けたパットンと、士官学校の後輩にあたる理論派のブラッドレーとの関係もその一例といえる。

　パットンは猛将・智将として戦場ではいたく重宝されたが、結局最後は、後輩のブラッドレー率いる第三軍の下に置かれることになる。

　彼には国家間の戦争が外交の延長上にあるとの考えが希薄で、敵を打ち負かすことがすべてだった。だが、勝敗の理（ことわり）と国益の理は必ずしも合致しない。

　むろん、戦争は囲碁や将棋といった盤上のゲームと異なり、理論のみによって勝てるものでもないが、彼我についての的確かつ客観的な分析が、勝敗を大きく左右することは過去の史実からも明らかだった。

　それだけに、一国の首長の外に向けた言動は、その内容はもとより、それ自体が重要な情報を含むことになる。

　一九六〇年代、米ソ冷戦時代のキューバに対するアメリカの対応は、対共産主義政策のまさに試金石ともいえるものであった。そのため、キューバの赤化の立役者であるカストロ首相の言動を、長年にわたりＣＩＡ（米中央情報局）は常に監視し、その分析を強いられることになる。

　そうした教訓を得て、いまの北朝鮮の「将軍様」は、外国メディアに向けて断片的な動画や画像は公表しても、自分の肉声や演説の様子についてはけっして明らかにしない。本来自分が発すべきメッセージは、決まったアナウンサーに決まった口調で語らせるのが常となっている。

　軍事アナリストは、動画なら目や体の動きを数学や統計学的にとらえ、言葉を発するときの感情や表現のありよう以上に、特定の語の数や抑揚の比較等に着目する。その際には個人的な所見は省き、コンピュータを使って動作分析や視線解析のソフトにかけることもある。

学術的に裏付けられたそうした手法によって、その人物が本物か替え玉か、あるいは心理的に安定しているかそうでないかといった客観的事実を導いたうえで、ようやく話の内容について情報分析の手法や言語学、修辞学的な観点も踏まえながら、読み解いていくのである。

当然ハングルを、それも韓国にはない北特有の音や語も理解していることが前提となる。

だが、日本には個別にそうしたことのできるスペシャリストはいても、そのスペシャリストを統括して軍事分野の分析ができる真の軍事アナリストは、これまで養成されてこなかった。

日本の場合にはシンクタンクにしても、その多くがただ似たようなキャリアの人間が集まっているだけで、その中でマスコミで顔が売れたような代表者を他がサポートするというふうで、その代表がアナリストのごとくにあつかわれることもある。

むろん内外の資料を読み説くうえでも、日本人の場合には英語の読解力、それも英字新聞が読めるといったレベルではなく、英文の学術論文を読むことのできるスキルが不可欠となる。

できれば中国語やハングル、ロシア語などの語学力を有することも望ましいだろう。

そうした最低限の要件を備えたうえで、さらに求められるのは理系の知識や素養だ。

武器や軍事システムの理解には、ミリタリーマニアが語るレベルの話ではなく、基本的な数学や物理学、化学の知識のほか、機械工学や電子工学、あるいは熱力学等々に関する基本的な知識がなければならない。

　中国軍や北朝鮮軍の野砲について分析するのに、たんに間接照準の要領や手順を理解しているだけではおよそ分析には至らない。

　それではネットによく見られる自称評論家のごとく、ただ感想を述べることができるだけだ。あるいは軍事小説家が、それらしく本を書けるというレベルにすぎない。

　最低でも簡単な弾道計算くらいはできて、それを素人にもわかりやすく説明し、軍事的に定義されている射撃諸元の誤差の数とその意味についても正しく理解しているくらいは必要となる。

　野砲の能力さえ正しく見積もることができないような者に、想定された状況での彼我の損失や犠牲者数の見積もりができるはずもない。

　事実、南西防衛戦発生前から、尖閣周辺で想定された日中間の様々な衝突状況をシミュレーションするなかで、彼我の犠牲者数について的確な数字を弾くことのできた自称専門家は一人もいなかった。

　過去の例ではこうだった、護衛艦の乗組員の数からはこう考えられる、衝突する部隊の規模や期間で変わってくるから一概には言えないと、コメンテーターの口から出てくるものと何も変わらなかった。近い数字を示した者にしても、たんなる個人の予測、勘でしかなかったのである。

　なかには、想定された状況は一様ではなく、そのようなはたして起こるかどうかもわからないシミュレーションについて、具体的な数字を出すことには意味がないと逃げをうつ者までいた。

　現代日本の防衛力の最大の弱点は、本物の軍事分析のプロ、真の軍事アナリスト不在という点にすべて帰結するといっても過言ではなかったのだ。

もちろん自衛隊高級幹部の中には、早くからその必要性を訴える者もいた。

元自のくせに守秘義務に違反しているのではないか、どういう根拠でそう断言できるのかといった世間からの批判を覚悟で、退職後にみずからその試金石となる者も少なくなかった。

しかし、政府や国にそうした考えがない以上、結局はマスコミに登場するコメンテーターの域を出ることはできなかった。せいぜい内閣参与といった位置づけで、政策の意思決定に必要な情報ではなしに、個人的な感想、助言を与えることくらいだったのである。

それでも彼らは、少なくとも「軍事アナリスト」や「軍事分析の専門家」という言葉だけは、日本国民に知らしめることができた。

そう、初めの一歩には違いなかったのである。

日本で最初に軍事アナリストという語を広めたのは、現在の陸自高等工科学校の前身である少年工科学校が、まだ発足する以前の旧自衛隊生徒の出身者で、陸自の航空学校を出たのち関西の私大へと進み、その後ジャーナリストとなった人物だった。

のちに彼が軍事アナリストと自称し、テレビに登場したことで、日本ではこの語が世に広く知られることになったのである。

それまでは軍事評論家、軍事ジャーナリストという語が使われていたが、彼らのそうした行動によって、日米戦後、長らく軍事アレルギーだったアカデミズムの世界にも、軍事技術や軍事史、戦略といったことが、安全保障学や危機管理学の観点から学術的に取りあげられるようになった。

ただ、こうした自称軍事アナリスト、軍事ジャーナリスト、軍事評論家の中には、軍事分析というよりも軍事の情報を利用した思想宣伝の徒といった者も少なくなかった。

偏向的なメディアは、彼らが真のアナリストかどうかに関係なく、ただ自分たちに都合のいいコメントをつけてくれれば、それでよかったのである。

しかしこの日本にも、実際には真の軍事アナリストを養成する土壌、環境というものが以前からあったのだ。

市ヶ谷の陸自中央情報隊隷下の基礎情報隊は一九五四年に発足した中央資料隊を前身とするが、この隊は日本の周辺諸国のほか各国の公刊資料や新聞、メディア関係の資料を翻訳するだけでなく、そうした資料の分析をおこなう。

中央情報隊には、このほかに情報のデータベース化をおこなう情報処理隊やヒューミント要員を有する現地情報隊、さらに地理情報の収集分析、地図の作成を担当する地理情報隊を有する。

吉川が身を置く防衛省防衛研究所は、もともと自衛隊高級幹部に対する戦史と安全保障に関わる教育（研修所）のために発足したが、その後すぐに研究部門を設置し、いまでは政策との関係を有する防衛省の防衛シンクタンクとしての役割も担っている。歴代所長にしても、防大ではなく東大、京大出身者が多いことの理由といえるだろう。

二〇一五年に発足した防衛装備庁の前身は防衛技術研究本部であり、武器を含む装備品の開発、研究、調査等をおこなっており、そのなかには先進技術も含まれている。

防衛情報本部が設置された一九九七年から五年ほどの間は、スタッフはもとよりその方向性さえも手探り状態であったが、設置から二〇年以上を経た今日では、この組織単体だけでも国の安全保障にかかわるほとんどの軍事情報の分析を可能とするほどその能力は高く、実際に「分析部」なる部署も存在する。つまり自衛隊の中に、すべてそろっていたのである。

そして唯一不足するものが、こうしたすべての組織にアクセス可能であり、必要な際には各組織の当該部署をコーディネートしてまとめあげ、たんなる個人の感想や助言などではなく、政府が意思決定や政策決定において必要とする情報を提供できる「国の軍事アナリスト」だったのだ。

吉川が防衛研究所に採用されたのも偶然ではなく、そうした素養や基礎を有する人物を、ようやく国が求めるようになったからにほかならない。

軍事アナリスト不在の日本では、この職にある者はスペシャリストであるとして誤解されていたが、実際には軍事アナリストは、軍事情報について評価を決するうえでのコーディネーターといえる。少なくとも吉川自身は、自分の立場をそう理解していた。

情報の量や内容は、その分析の目的によってはときに膨大なものとなり、およそ一人で処理できるものではない。

軍事情報に関する各分野のスペシャリストをコーディネートして、政策者や意思決定者が必要とする答えや情報を導くのが軍事アナリストの、いや防衛アナリストの仕事なのである。

それは、任務に際して多種多様な情報を要する哨戒機にTACCO（タコ＝タクティカル・コーディネーター＝戦術航空士）が必要とされるのと同じだった。哨戒機も機長とMC（ミッション・クルー）だけでは、効果的に任務を遂行することはできないのである。

吉川には、哨戒機やヘリを含めてこれまで何度か自衛隊の航空機に乗り、その現場をつぶさに観察した経験があった。

それは理屈だけではわかりえない場の雰囲気や

それに携わる人間の感情、感性の実際を知るためではあったが、同時に現場において人とシステムとがどう関わっているのか、そのプロシージャー（手順）や相関性について知るためでもあった。

理屈だけでいえば、MCはレーダーやソーナー、通信、武器等についてのスペシャリストであり、各自が得た情報を直接機長へと報告すれば、それに応じて機長が機を操縦することにより、対潜戦にしろ対水上戦にしろ遂行できることになる。あるいは機長が必要な指示をMCへと発すれば、MCはその指示にしたがうことになる。

実際、なんらかの理由で突然TACCOが人事不省に陥り、それでも核ミサイルを発射可能な敵の潜水艦をいまなんとしても捕捉し、撃沈しなければならないという場合には、機長（副長やFEもいるが）とMCとでその任をこなすことになるだろう。

では、なぜTACCOが必要なのか。

たしかに、哨戒機においてTACCOは、ときに戦術面での意思決定者としての権限も与えられているが、その本務はMCらが告げてくる戦術情報を的確に分析、評価して機長へと伝えることにある。ゆえにコーディネーターと称される。

たとえばそれが対潜水艦戦で、たんなる監視、追尾ではなく攻撃し撃沈することが最終目的であるのなら、逐次収集されてくる敵潜の情報をもとに、機長は攻撃に適するよう機を操縦することになる。

しかし、どのコースを進み、どのタイミングで、どの武器を使用するのか。こうした機長が必要とする情報を、MCから個々に聞いて機長が判断するのではなく、TACCOがそのための情報を機長に提供し、最終的には機長が、ときにTACCOが意思決定するのだ。

護衛艦にしても、艦長と各部署のクルーとのやりとりだけで、操艦したり任務の遂行ができないわけではない。実際、戦闘状況となって被弾しクルーが減ることになれば、通常の配置ができなくなり、かぎられた人員だけで、できるだけ艦の機能を維持することに迫られる。

哨戒機が軍用機であるがゆえに、その任務に際して旅客機以上の情報処理が求められるのと同様、護衛艦もまた軍艦であるがゆえに、旅客船以上の情報処理が必要となる。

通常の配置において海曹の射撃員、射撃管制員、魚雷員等が直接艦長へと状況を報告し、逆に艦長が彼らに直接「撃ち方はじめ」「魚雷発射」等々の指示を出すといった関係にないのは、その階級に大きな開きがあるからではない。

武器関係でいえば、関連部署の情報を三佐の砲雷長がとりまとめて評価、分析して艦長へと伝え、それについて艦長から発せられた指示や命令を各科員へと命下（上からの命令を下へと達すること）する。要するに砲雷長とは武器関係の上級責任者であると同時に、武器・射撃管制における艦のコーディネーターなのである。

副長は艦全般の、船務長は船務関係の、また機関長は電機・エンジン関係の、飛行長は艦載機運用における艦のコーディネーターというふうに、艦は艦長のほか艦種により、この三ないし四人のコーディネーターが存在することで、はじめて軍用の艦として機能するのだ。

そうであるがゆえに機関長、飛行長をのぞく、副長そして船務、砲雷の長（科長）は戦闘指揮に際して艦長を補佐する。

補佐とはいうが、実際には「艦長指揮」が明言されないときには、特に船務長と砲雷長については、いずれかが哨戒長となって、戦闘の実務を艦長の許可を得るというかたちでとりおこなう。

たとえば対潜戦闘の際は、その日の哨戒長たる砲雷長が「艦長、配置につかせます」と発し、艦長の「はい」「了解」「つかせ」等の承諾を得て、砲雷長が「対潜戦闘、配置につけ」と命下する。

つまり艦長がそこにいるかぎり、これらの科長は艦長権限を有さないものの、いってみればその場の艦長の意をくみとって、艦長の指揮に、あるいは戦術に実質的に寄与しているのである。

むろん、それを可能とするのは、各部署、各科員から送られてくる情報を的確に総合的に、しかも短時間のうちに評価、分析し得るからにほかならない。まさに究極のコーディネーターといえる。

哨戒機の戦術航空士がタクティカル・コーディネーターなら、艦の砲雷長も本来の英訳ではWeapons Officer（ウエポンズ・オフィサー）だが、システム搭載の現代艦においては、ウエポンズ・コーディネーターと称してもおかしくはないだろう。

そうとは認識されていないだけで、日本には各分野のコーディネーターが多数いて、しかもその多くは高い能力を有しているのである。

吉川はこの五年の間に、陸海空の部隊にも足を運ぶようにして自衛隊のことを知れば知るほど、そう確信するようになった。

だが、日本においては政治にしろ企業にしろ、また自衛隊にしても、こうした大きな組織の上層には、なぜか卓越したコーディネーターがいないのだ。

ただ長と各部のスペシャリストだけがおり、まれにその間に調整役を立てて事を進めるというようなことが、この国では古来あたり前のごとくに人々に受け入れられている。

いってみれば、これまではその調整役がコーデイネーター的な役割を担っていたといえるのかもしれないが、その調整役も実は八方丸く収めることに長けたスペシャリストといえるだろうと、吉川は思う。

どういうことか。日本というこの国は、特に明治維新以降、ひたすらスペシャリストの育成に奔走してきた結果、そのスペシャリストが支え、動かす国となったということだ。

そのことは、明治の大学設立にもよく表れている。日本初の近代的大学は、現在の東大の前身たる帝国大学だが、実はこれよりも早くに欧米型の大学設置を国に申請していた人物がいる。

彼は明治政府の発足以前、つまり江戸時代に国禁を犯して米国船で密出国し、上海経由で渡米してから、最終的に全米でも著名なリベラルアーツ（教養科）のアーモスト大学を出て帰国している。

日本人はアメリカの著名大学と聞くと、すぐにハーバード大、プリンストン大、イェール大といったアイビーリーグ系の伝統校を口にしたがるが、全米には日本人にはなじみのない著名大学、難関大学がほかにいくつもある。

吉川もアメリカに留学してその名を知ったが、そこの学部を出たノーベル賞受賞学者は四人にのぼる。徹底した少人数教育をおこない、合格率は一〇パーセント台で、アイビーリーグのブラウン大やコロンビア大とともに、全米の各種の大学ランキングでも常に上位に入る。

明治のむかしに、その大学を最初に卒業した日本人が帰国後、日本初の欧米型の大学、それも教養大学を設立しようとしたのだ。

吉川は学生時代、史学研究の際に東大の教養だけがリベラルアーツということを強調しているわけではなく、それよりもずっと早くに、それも明治のころにそうした思想を持つ人間がいたことを知って驚いた。

二一世紀の日本では、マスコミの正しいとはいえない表現、用法により誤って認識されているが、このリベラル（liberal）には、革新勢力であるとか、政治的思想的な左派、あるいは社会主義といった意味はまったくない。

教養（的な）のほかには、むしろある意味左派左翼の対極にあるともいえる「自由な」「自由主義の」「寛大な」「偏見のない」という意味を持つ。

ゆえに、新聞の文字として見られるような「リベラル左派」（liberal left）も、正確を期す報道に本来あるべき文字ではなく、小説やエッセイ、せいぜい論評等で許されるいわゆる憧着（どうちゃく）語法でしかない。

どうしても使うというのなら、中国共産党守旧派に対して中国共産党リベラル派ということになるだろう。すなわち、前者が共産主義原理を堅持する勢力であるのに対して、後者は共産主義であっても、一部に資本主義経済や自由主義を受け入れる寛容さを持つ勢力ということになる。

軍事分析にも、こうした国の政治的思想的傾向を把握することが重要であると吉川は感じていたが、しかしこれを定性的であれ定量的であれ、正確に測ることは難しいとの思いもあった。

日米のマスコミ等が「リベラル」に政治的左派の印象を付与したのは、たんに英国の自由党、保守党、労働党といったかつての政党の歴史的な流れに由来するものにすぎず、いわば自分たちで勝手にそのように印象づけたのだ。

本来の意味でリベラルを自認する人や当の「リベラル」には、大迷惑な話だろう。

だが最近では、保守ではないという観点から「私はリベラル派」「彼の考え方はリベラルだ」という使い方をする人が増えていることからも、マスコミのこうしたある種の印象操作というものが、いかに社会の誤謬性をもたらすかがわかる。

それは、まさに教養欠如の人間あるいは社会に顕著にみられるものでもある。

軍事分析には、一見無縁とも思われるような古今東西の思想、哲学も重要な意味を持つということを、吉川はスタンフォード時代に身につけていた。それは自分の専門とする科学史、科学論とも深く関係しており、博論もこの分野をあつかったもので、それはいまなおスタンフォードの電子アーカイブに保管されているはずだった。

欧米のアカデミズムには、本来高等教育とは教養を意味し、教養なき大学、教養なき高等教育はありえないとする教育についての思想がある。

事実、日本とは異なり欧米のノーベル賞受賞クラスの学者の多くは、リベラルアーツ系の大学や学部を出たのち、専門の学部や大学院へと進んでおり、専門以外の知識や芸術、音楽分野にも精通している人が少なくない。

哲学や文学で飯が食えるのかといった次元の話ではなく、大学という高等教育機関において、哲学や倫理学の史観的側面やエートスとは何かといったことさえ思索したことのない者が、仮に原子力や医学の専門家となったときに、はたして、まっとうな科学倫理や医学倫理の話ができるのか、あるいはいくらかでもそこに思いをはせることができるのか……。

しかし、そのように教養を重視するアメリカの学者でさえ原爆を作り、核実験のみならずそれを日本の都市に、それも二度も落としたのである。

この事実について、多くの日本人は史実の解釈や政治、外交、軍事といったそれこそ専門的で個別的な観点から見るようなことはある。それでも、教養とは何かをよく知るはずの、そのときの彼らの倫理観や道徳観はどうであったのかという内面的な考察や研究に至る者は少ない。

なにやらわかったように、戦争の早期終結、アメリカの若者の犠牲を増やさないためとの彼らなりの考えがあったのだろうと説いたとしても、結局それはなんの答えも導いていないのである。

戦後、核軍拡への警鐘を発するとの立場から、京都で開かれた国際的な科学者らの集いで、アインシュタイン博士が湯川博士に涙して謝罪したという話の真偽はさだかではない。

それはともかく、日米戦における原爆使用の是と非ということ以上に、原爆の惨禍を直視した教養の国の学者が、専門家に重きをおく被爆国の学者に歩み寄ったという事実は、非常に重要な意味を持つといえる。

教養とは、たんに知識の過多や蓄積、あるいはそれを披瀝（ひれき）したり駆使したりするようなことではない。それは人が考え行動するうえでのチャート（海図）のようなものであり、仮に多くの知識を有していても、そのチャートのない者は、ときに自分の道や判断を誤ることがある。

そうした彼らのロジックで極論すれば、教養なき専門家は、真に専門家たりえないということになると吉川は考えていた。

いずれにしろ、こうした思想に強く感化されたアーモスト大出身の男は、開国した日本が欧米に追いつくべく、専門家つまりスペシャリストを養成するに際しても、高等教育において、まず教養に重きを置く必要があるとの信念を有していた。

だがたいていの者は、そこで終わってしまう。吉川が注目したのは、彼のその後のことだった。

なんと、アメリカからキリスト教（新教）の宣教師を教員として招き、数学、物理学、地学等々の理系科目を中心に、すべて英語で講義をおこなうという大学の設立に向けて帰国後、東奔西走の日々を送るのである。

現代の話ではない。西周が日本に初めて「藝術（芸術）」や「希哲学（哲学）」「科學（科学）」といった造語をもたらした時代である。

明治政府が帝大設置を決定する前から政府要人とも接触し、志を持った男はこの日本初の大学の開学を夢みたが、結局、明治政府はそれを許さなかった。

富国強兵には早期に数多くの専門家を育て、とりあえず欧米の技術や政策をコピーすべきとの考えが、ときの指導者の頭の中を席巻していたのだ。

そして大学というよりは、当時は国立工業高等専門学校と称するほうが適するような帝国大学を、明治政府は設立するに至ったのである。

史実を俯瞰すれば、たしかにこの明治政府の判断は、ある意味まちがっていなかったといえるのかもしれないが、その成功のモデルケースは今日に至るまで継承され、もはや世界的な時代の変革に遅れを取りつつある。

特にコンピュータが発達した時代には、そのコンピュータに携わる人間はなお必要でも、ただ大量の知識を吸収し、その知識にもとづいて予測や解を導くだけのコンピュータ人間は、明治、大正、昭和の時代のごとくには重宝されなくなっている。

いつの時代にも、人間には知識の取得が不可欠であることは否定できないが、その知識を利用するだけの社会というのは、当の人間によって否定されはじめたのだ。

ただ日本の高等教育も社会も、このまま変わらずに自滅の道を歩むということはありえない。東大も、またそれに比肩される西の京大も、その他の大学にしても変わろうとしている。

そのことは、吉川も東大の学生時代に肌で感じるところが強くあった。

　だが、一〇〇年以上も前に日本の進むべき道を予見し、一人の男が設立した私学が、いまも著名大学の一つとして関西の歴史深い地にある。

　当初は「英学校」と称され認可されることになったが、それは英語の語学学校ということではなく、アメリカの大学に準じた自然科学に関する教養科目の講義を、すべて英語でおこなう学校という主意による。

　創設者のそうした理念は今日に至るも息づいており、この私大の一般教養科目の数は、おそらく日本一といえるほど多彩で、文系学部の学生向けの数学や自然科学関係の教養科目だけでも数十にのぼる。

　実際に、その京都にある私大に吉川も一度足を運んだことがあった。東大の赤門以上に歴史を感じさせるレンガ造りの建物は、たしかにそこに、かつて日本の教養の源流があったことを思わせた。

　一方、東大に教養学部が置かれたのは日米戦後の一九四九年のことで、また一九〇四年の心理学部の開設には、この英学校卒業生の一人が教授として大きく貢献していたのである。

　二一世紀のいま、これまでスペシャリストの養成に成功してきた日本に求められているのは、そのスペシャリストの力を、効果的に組織や社会に作用させ、整理し評価することができるコーディネーターだった。

　そして、それは自分が携わるような軍事分野にかぎらないとも吉川は考えていた。

　日本には古来、統治者や商人にタフ・ネゴシエーター（優秀な交渉人）は数多く存在したが、コーディネーターは稀有な存在でしかなかった。

　自身では特段の資金力も人脈も有していなかった四国の一郷士の坂本直柔（なおなり）が、現代においても歴史的偉人として知られるのも、当時の日本人には稀有な優れたコーディネーターであったからにほかならない。

龍馬の通名で知られるようになる彼は、その傑出した才能によって勝海舟らとともに「神戸海軍操練所」の設立に奔走したほか、土佐藩のロジスティックス（運輸・兵站（へいたん））とアカウント（会計・勘定）を両立させる「海援隊」という革新的な組織を作った。

明治の帝国海軍の前身ともいうべき築地の「軍艦操練所」は幕府の手によって設立されたが、日本の海軍創設期に龍馬や勝海舟らの果たした力が大きかったことは、後世多くの人間が認めるところだ。

そうした歴史を受け継いだ明治の日本海軍は、英海軍にならって、艦の運用に必要なスペシャリストと同時に、上長の補佐をしつつ下士官兵を統制するコーディネーターの育成に力を入れたのである。

すなわち士官と兵の間に立つ下士官、その下士官の中の上級者を准士官あるいは特務士官として士官なみの権限と責任を付与することで、艦という閉鎖された空間においても、上下の意思疎通と規律の維持が図られるようにした。

だがそれは、およそ軍に、それも海軍の一部にかぎられたことだった。二一世紀のいまも、日本は政治の分野にも実業の分野にもコーディネーター不在といった状況にある。

二〇一七年に起きた売上げ七兆円にものぼる大手メーカーの負債解消に向けた半導体子会社売却でも、経産省主導の産業革新機構ほかによる日米連合案が頓挫し、米投資会社を軸とする日米韓国連合へとシフトした背景にもそれがあった。

経産省は技術流出を食いとめるべく、同省きってのタフ・ネゴシエーターを当初起用して事にあたらせたが、蓋を開けてみれば、米投資会社お得意のコーディネーターの力が完全にそれを上まわったのである。

新世紀の自衛隊にしてもそれは同じで、いまようやく防衛研究所に防衛分析部という軍事分析専門の部署が作られたにすぎず、しかもまだたいした実績を有するわけではなかった。

吉川の責任は、ただ重大というだけでなく、いわばこれからの日本の防衛を左右しかねないものとなる。そのことは、吉川自身十分に承知していたが、いかんせん、人も金も、心もとないほどかぎられていた。

所長から分析するよう告げられた「中国軍の企図」を一から探ろうとすれば、それは多くの人手と膨大な時間を要することになる。

それに敵の意図、相手の意図がわからないときにこそ、個人の主観や思想を排して的確な情報分析による精度の高い予測、観測が必要となる。

その観測を誤れば、それこそ不測の事態を招くことになりかねない。事前の有効な策を得るための分析が、逆に導火線となってしまう。

軍事アナリストを擁しておらず、理論ではなく感性で敵や戦況を把握することが多かった旧軍は、陸海軍ともにそれによって数々の失敗をしている。いや、軍ばかりではない。ときの政府もそうだったのだ。

軍や政府は、開戦前に「総力戦研究所」というおそらく当時世界トップクラスにあったといってもおかしくないシンクタンクを擁しながら、コンピュータもない時代に同所が完全な数字で示した学術的な軍事分析の結果を一蹴し、その後、その分析結果どおりに敗北の道をあゆむことになった。

だが、いまは違う。

吉川は、分析の前提として示された昨日の硫黄島の事案について、まず徹底的に調べることにした。それには、やはり現地に行く必要があった。ただ、それだけでまる一日を要した。

——肉体も酷使しなければならない陸自のレンジャー訓練よりは、はるかにましだと考えよう。

その日を含めて一週間を平均睡眠二時間で通した吉川は、少なくとも締切りについては、所長の期待に応えることができたと思いたかった。

だが、そうやって寝る間も惜しむようにして自分が導いた結果を、所長や自衛隊の上層部あるいは政府がどれだけ真剣に受けとめるか、その自信はなかった。

だいぶ前に観たテレビ番組のように、信じるか信じないかはあなた次第と言ってすむような話であればどれだけ気が楽かと思うが、吉川が導き出した内容は、そういうことにはまったくなじまないものだった。

第5章
人民解放軍コマンド

二〇二〇年三月二一日
北京直轄市
中国人民解放軍
中部戦区司令部

「周公吐哺(ジョウゴントゥブー)　天下帰心(ティェンシャグゥイシン)」

張(ジャン)中将は、およそ一八〇〇年前に作られた「短歌行」の一節を思い浮かべていた。

周公は哺を吐きて士に会い、天下は彼に心を帰す（周公は食事したのちに吐いてまでも客人と会い、その姿に世の人々は心を寄せることになった）。作者の曹操(ツァオツァオ)は、軍人であるとともに文人でもあった。

外の気温は穏やかであったものの、相変わらずのスモッグに司令部の窓は閉められたままだった。部屋の中は少しむっとする感じではあったものの、クーラーをつけるほどではなく、それが余計に人の心をいらつかせているのかもしれなかった。

「南京の東部戦区の連中は、いったいなにをやってるんだ！」

宋(ソン)上将は中央軍事委員会（中央軍委）から連絡を受け、机を叩いてそう吠えた。

昨日、東部戦区の航空連隊の一隊がしでかしたことは、明らかに中央の方針にそむくもので、所属長はもとより戦区司令員も処分の対象とすべきだと、上将は部下の前で怒りをあらわにした。上将とは、他国軍の大将に相当する。

　宋上将の激怒のわけは、東部戦区のおこないが中央にそむくものというだけでなく、近代的な統合作戦を水泡に帰しかねないとの危惧（きぐ）からでもあった。

「どうも東部戦区司令部のほうで、敵の意図を見あやまったふしがうかがえます」

　中将の張副司令員がそう言うと、宋上将は苦虫をかみつぶしたような顔を向けて、副司令員の責任ではないことを承知でなじった。

「なにぃっ！　見あやまっただと。五機もの味方の戦闘機が撃ち落とされたというのに。それで、上（中央軍委）が納得するとでも思っているのか、連中（東部戦区）は」

　ひと呼吸の間を置いてから、張副司令員が落ち着いた口調で応じた。

「当時、我が方の船（海上航空管制船）は、ちょうど敵の言う領海内にありまして、日本の空軍機が突然攻撃をしかけてきたと、そう判断したようです」

「馬鹿な。日本政府は我が国と『六三〇東海事件（リィウサンリントンハイ）』の決着をみて以降、無用な争いは避けたいと言ってきたんじゃなかったのかね。

　事実、これまで我が方の海監船が、何度も向こう（日本）が勝手に自分たちの海だと主張するそこへと達しても、武力を行使してくるようなことはなかったじゃないか」

　宋上将の言う六三〇東海事件とは、昨年二〇一九年六月に発生した日本側のいう「南西防衛戦」のことである。

　依然として納得できないといったふうの上将に、張副司令員はなおも相手をいらだたせないように気をつかいながら、慎重に言葉を継いだ。

「それが、たしかに日本軍機は武器を使ってはおりませんが、管制船の真上を飛んだ際、船に多少の被害が出たようで。船から東海艦隊司令部経由で戦区司令部に連絡があったそうです」

「被害？　武器を使用していないのに、どうして船に被害がおよぶのか」

「問題の日本軍機は、通常では考えられないほど低く飛んでいたようです」

「低く？　翼で船のマストでもへし折ったと、そういうことか？」

「いいえ。ジェット・エンジンの噴流によって、船のアンテナや窓に被害が生じた模様です」

「…………」

口をへの字に曲げて黙る宋上将を見て、張副司令員は「頑固なおやじ」をやっと説得できたと思った。

中部戦区の司令員、宋上将の前の補職は北京軍区司令員だった。中国では司令員といっても、実際は司令官を意味する。

戦区は、英訳ではTheater Command（シアター・コマンド）となり、区域、地域それ自体の意味よりも、その地域の軍を表し、よって中部戦区とは本来、中部軍あるいは中部戦区軍をさす。

中部戦区は、二つの直轄市と五つの省を管轄する。二〇一六年の戦区新編前に置かれていた七大軍区のときも北京軍区として、首都北京防衛のほか、実は周辺の軍区に対しても目を光らせる存在だったが、それは新編後も変わらなかった。

そもそも軍区から戦区への新編の理由も、近代的な統合作戦の遂行のほかに、肥大化した各軍区の軍政を中央軍委の統制下に置くことにあった。

加えて、それまで人民解放軍の陸海空三軍のなかでは、別格として位置づけられていた陸軍を海空軍と同列に置くという思惑もあった。要は、共産党中央軍委による軍の「調教」である。

人民解放軍は、その名称とは大きく異なり、人民の軍というより、もともとは民兵を主体とする中国共産党の軍として発足し、しかも軍でありながら、基本的に自給自足を強いられる組織構造となっていた。

日中戦争当時に示された「自力更生」もその一つで、いまでは、冗談ではなくレストランやホテルを経営する軍さえある。

かつては農耕により、みずからの糧（かて）と部隊維持のための利益を得るだけであったが、それが二一世紀のいまは、軍の高官らは軍需産業のほか管轄区域の多くの利権と結びつき、増大する国防費に事実上、一部の軍人らが手をつけるという状況ができあがっていた。

当然そこには、政府高官の汚職が指摘されて久しいように、軍高官の汚職の実態も浮かびあがっていた。

近年では、裕福な家庭の兵が上官への賄賂で希望の転属や昇任がかなうということがめずらしくなくなり、士気の低下にまでおよんでいる。

だが、中央軍委というよりも実際には党がそこにメスを入れたのは、軍の腐敗根絶という表向きの理由とはべつに、彼らが反旗をひるがえす前に、ここは手当てしておく必要があるとの思いからだった。

――一九八九年六月の天安門事件は、学生を中心とした反政府デモだったが、あれが学生や一般人ではなく軍であったなら。それも一部隊が扇動したせいぜい数万人規模のものではなく、桁が違う軍集団や軍区レベルでの反抗ならば、内戦状態におよぶことは間違いない。

そうした懸念、危惧というよりも恐怖が、中央軍委にも党の中央委員会にもあった。

日本の政令都市とは異なるが、中国にも政経上の重要都市として指定されるいくつかの「直轄市」が存在し、大きな行政権限を有している。

およそ二〇〇〇万人の人口を擁する首都北京も、もちろんその一つだが、ここに戦区司令部を置く中部戦区は、中国共産党中央弁公庁警衛局中央警衛団を擁していた。

総兵力七〇〇〇人は、日本陸軍歩兵（陸自普通科）なら一個師団に相当する。共産党施設・要人の警備、警衛の部隊というが、実際のところは党の親衛隊である。

そもそも中部戦区自体が、中部地域の軍であると同時に北京防衛隊の性格を帯びており、この戦区には党に忠誠を誓う将兵からなる部隊が置かれている。だがそれは、必ずしも中国随一の精兵とはいえなかった。

以前の七大軍区時代に、最精鋭の軍といえば瀋陽軍区と決まっていた。

中朝国境の黒龍江省という要衝に位置し、中国の北東一円を管轄していた瀋陽軍区は、中国最大の軍事利権の温床でもあった。

中朝国境沿いの中国側には、一〇〇万人とも二〇〇万人ともいわれる朝鮮族の人々の暮らしがあり、瀋陽軍区は歴史的にも朝鮮族との結びつきが深い。

一九五〇年に勃発した朝鮮戦争では、中国から訪れた人民志願軍（義勇軍）による北の朝鮮支援によって、南の米韓の軍が大きく後退することになった。

この義勇軍は実際には第三九軍、第四〇軍を中心とした中国人民解放軍と朝鮮族の混成軍であった。朝鮮戦争中に投入されたその兵力は、のべ数百万人ともいわれ、戦死傷者数は一〇〇万人にものぼる。鴨緑江ではそうした数頼みの人海戦術を駆使して米軍を圧倒し、退却させている。

そしてこの第三九軍、第四〇軍こそ、その名こそ集団軍と変わっているが、いまは北部戦区となった瀋陽軍区が擁する軍なのだ。

だが、その瀋陽軍区は精兵と膨大な利権を有するがゆえに、いつしか北京をも脅かす存在となっていたのである。

「張中将、結局、我が軍が管制船を使って海域の航空優勢を図ろうとしていることは、日本軍に気づかれたのかね。そうであってほしくはないが」

宋上将の最大の懸念がその点にあることは、張副司令員もはなから気づいていたが、はっきりと伝えることはしなかった。

――そうとも、数ある旧型機の五機や一〇機が落とされたくらいで、このおやじが騒ぎたてるわけがない。それよりも、こいつの頭には中央軍事委員のポストしかないのだ。

日本との関係が微妙なこの時期に、自分の中部戦区がしっかりと他の戦区に睨みをきかせて、中央が意図しない暴発を防ぐことができたなら、中央軍委主席に重用されるであろうことを、このおやじは期待しているだけだ。

おそらくそのための下準備（賄賂）も、すでにしっかりと……。

そう考えるだけでも、張副司令員はこの上将の下で働かざるをえない自分に嫌気がさすが、といって軍幹部の要職を辞しても、いま以上の生活がどこかで保証されるわけではない。

選択肢のない窮屈さが常につきまとうが、それが自由なようで自由ではないこの国なのだと、張は思うしかなかった。

もしもこうした思いを、この戦区において宋上将と対をなす政治委員の劉上将に知られようものなら、他の道どころか犯罪者いや反逆者としてあつかわれ、どこぞの施設か刑務所に投げ込まれるに違いなかった。

　言論、文芸、音楽、演劇、政治活動、学術等、それがどのようなかたちのものであろうと体制に反する者、逆らう者は容赦なく生きるすべを閉ざされる。それが中国にかぎらず、共産主義国家の共通則というか掟なのだ。

　富裕層を人民の敵とみなしていた一九五〇年代、六〇年代のむかしと比べれば、いまは私利私欲も看過されてはいるが、その結果、党幹部の多くが日米資本主義国家の金持ち連中となんら変わらない贅沢な暮らしをしている。

　いったい誰のための、なんのための共産主義なのか。張中将はまだ軍に入る前、北京大学で学ぶ若いころには、そうした疑問を有していた。

　ちょうど、あの六四（リュウスウ）天安門事件が起きたころである。

　一九八九年六月、かつて総書記にまでのぼりつめた胡耀邦（こようほう）の突然の死を機に、民主化を求める学生デモが拡大。北京市天安門に集結した一〇万人を超えるデモ隊を、人民解放軍が武力で排除した事件である。

　当時北京大学の学生だった張は、デモ隊の一員として別の場所にいたものの、当局による逮捕はまぬがれた。

　だが翌年、日本の東大に留学した際、この事件の話をしても、ほとんどの日本人学生が興味を示すことはなく、また事件の内容についてもくわしく知らないことに張は驚いた。

　中国の若者にとっては、まさに国が引っくり返るような出来事であったのに、日本では自由であるとか民主化ということを口にすること自体、なにをそんなあたり前のことをといった感じで不思議がられたのだ。

　それはむしろ、六四天安門事件よりも鮮明な記憶として、張のなかにいまもとどまっていた。

自由化と改革開放を推し進めた胡耀邦の突然の死を機に起きた学生デモは、当初中国全土に広まるかに見えたが、そうはならなかった。

一九八〇年代に中央委員会（中央軍事委員会とは別の党の最高機関）の中核をなした中国共産主義青年団（共青団）は、改革派の先鋒だった。胡耀邦とこれに続く胡錦濤（こきんとう）は、その中心にあって、失脚と復活を繰り返しながら開放政策や言論の自由を訴え続けていた。

しかし中央委員会には働きかけても、軍事委員会とは一線を画そうとする胡耀邦のことを、鄧小平をはじめとする軍事委員会は好ましく感じていなかったのである。

そして、一九六〇年代から胡耀邦らと関係の深かった改革開放派であったはずの鄧小平（とうしょうへい）は、この事件当時、中央軍委主席としてなんと武力弾圧を指示したのだ。

心臓発作によるとされる胡耀邦の死去は四月一五日のことだったが、それを追悼する若者たちの集まりは、翌月の四日には市民をも巻き込むかたちで北京市内に膨れあがっていた。

このデモは、ただ自由、開放を求めただけのものではなかった。この当時から中国全土において党幹部らの腐敗は常態化しており、これに対する不満の声を多くの人々があげたデモでもあったのだ。

党中央も汚職・腐敗の撲滅というが、実際には利権の構図を塗り替えているだけにすぎない。そして情報化時代のいま、そのことは人民の多くが知っているが、ただ反旗をひるがえしたところで、結局、あのときのように多数の戦車と銃弾で潰されるだけだとあきらめている。

それなら、党幹部のように自分たちも当局の監視の目をかいくぐるか賄賂を渡すなどして、利益にありついたほうがましだという中国人も少なくない。

五〇歳を過ぎた張中将にしても、それは同じだった。学生のころ、強大な国家権力にいくら言論をもって対抗してみたところで、こちらが泣きをみるのがオチだと気づくまでに、そう時間はかからなかった。

ならば、人の目には見えない菌やウイルスが人の体内に入り、仲間を増やし、自分たちとは比べものにならないほど大きな人の体を動けなくするように、まずは相手の懐に入り込んでと、張中将は考えたのだった。

――軍の改革がおこなわれたとはいえ、北京の中央政府がいまだに全軍を完全な支配下に置くことができないのも、対外的な思惑による軍拡の結果、軍が肥大化し強権を持つに至ったからにほかならない。

やはり、自分が学生のころ考えていたように、この国では軍をコントロールできなければ、中央政府のど真んなかに君臨したところで国を大きく変えることはできないのだ。

張中将はあらためてそう思った。

「党中央は、とにかく瀋陽をおとなしくさせておけと言うが、その瀋陽には中央軍委を通じて朝鮮の監視を厳しくしろと言っている。そして我が人民解放軍の海軍には、造反分子を増やさぬようガス抜きの対日強硬路線を突き進むように仕向けている。

だが、美国（アメリカ）の顔色をうかがうようにして、戦争はダメだと……。いったい、中央はこの国をどうしたいというのか。自分が中央軍委に行ったら、こんな腰くだけのまねは絶対にさせないつもりだ」

最後の一句はともかく、この宋上将の言葉には張副司令員もうなずいた。

党中央はバランスを取っているようで、実際にはそうなっていない。

昨年の六三〇東海事件も、南京軍区いまの東部戦区のいわば暴発を、中央軍委があわよくば（尖閣奪取）といった感じの様子見の姿勢をしばらく続けたことで、あわや米軍参戦というところまで事態の拡大を招きそうになった。

そして、昨日の殲撃七型出撃事件である。それもやはり東部戦区である。

いや、それだけではない。その一〇日前には、東海艦隊所属の潜水艦が海軍陸戦隊と協同して日本の島に部隊を潜入させ、哨戒機の撃墜を試みるという愚かなざまをみせている。

どうやら六三〇東海事件の際、島で海軍陸戦隊が日本の軍艦の砲撃で殲滅されたことへの報復、腹いせのつもりだったようだが、愚かなことこのうえない。

たしかに、党中央は軍に対して対日仮想戦（演習）を承認し、陸海空の遊撃戦訓練も認めてはいるが、実際に日本軍とやりあっていいなどとは、国家主席はもちろんのこと、誰もひとことも発していないはずである。

よしんば、実戦に即して潜水艦で隠密に部隊を運び、日本の無人島へと潜入させるにしても、数日後にはまた秘かに回収するということでなければならない。それならば、仮に日本軍に発見された場合でも、突発的な事故だ故障だと言い逃れもできるだろう。

もともと、この潜水艦で少数の特殊部隊を日本の無人島へと潜入させる作戦は、海上航空管制船による航空戦術とも深く関係するものだった。

万一、対日戦が生起された場合、日本軍機や軍艦が往来する海空ルートに接した島から、それらを的にすることができる。

攻撃回数はかぎられ、戦闘自体はショートレンジなものにすぎないとしても、日本軍は各島の捜索のため、多くの陸海空部隊を繰り出すことになる。

少なくとも二度、三度の上陸潜入を警戒して、そうした島々の周辺に、日本海軍は常に艦や哨戒機を配置しなければならなくなるだろう。当然、正面に展開させるための艦も航空機も、その数を減らさなければならなくなる。

それでも無理な稼働を続ければ兵の士気は低下し、艦や航空機のトラブルも頻出するに違いないのだ。

そうやって開いた穴に、海上にいる管制船から誘導された味方の戦闘機、爆撃機を飛ばして航空優勢を担保する。これだとこちらの数の優位によって、難敵の日米航空部隊を減勢させることができると、中央軍委の戦略・作戦部門は考えている。

しかもこうした状況であれば、国家総力戦に移行することなく、日中間の緊張状態を長期に持続させ、平和と安定をなにより好む日本人を疲弊させることもできる。

そうなれば将来的に、日本のいう南西諸島、尖閣ほかの交渉を、こちらにとって有利な条件でおこない得る可能性が出てくるであろうと。

多くの島々を擁する国であり、みずからは攻めることをせず、専守防衛を旨とする日本に向けて考え出されたものだった。

実は、最初にこうした作戦の素案を示したのは張であり、それもいまから二十数年も前の国防大学時代のことである。

ところが五年前、張の碩士（ティエンシ）論文に目をとめた中央軍委の委員の一人が、くわしく話を聞きたいというので驚いたが、その後、密談を口外しないことを条件に、軍区装備部副部長から北京軍区の参謀に登用されることになった。そして、参謀から現在の副司令員へ昇任したというわけである。

碩士は碩士（シュウシ）であり、修士である。だが、この国防大学で修士の学位を得ることができるのは、例年採用される二桁の学生のうちのわずか数人にすぎない。

とはいえ国防大学を出れば、それは必然的に将来の軍エリートを意味することになる。

二〇一七年に国防科技大学へと名が変わった国防科学技術大学とともに、中国人民解放軍エリートの養成機関の双璧をなす国防大学は、おもに軍事史と戦略研究に主眼を置き、その発足は一九五一年の中国人民解放軍軍事学院にまでさかのぼる。

ただ正式に大学として発足したのは一九八五年で、六四天安門事件の四年前である。ややこしいことに、中華民国を名乗る台湾にも同名の国防大学がある。

一方、一九五三年に中国人民解放軍軍事工程学院として発足し、一九七八年に大学の名称が付された国防科学技術大学は、その名のとおり情報システムを軸に航空宇宙科学や基礎科学など、特にコンピュータ関連の研究に秀でている。

この大学で開発されたスーパーコンピュータ天河一号Ａ（ＴＨ‐１Ａ）は、二〇一一年一一月に世界最速（一位）を記録している。ただし、搭載されたＣＰＵは、米ＮＶＩＤＩＡ社製であった。

張は北京大の学生当時、東大で一年間の留学を経験し、卒業後は米国のスタンフォード大の修士課程へと進むことになった。国防大学への碩士課程進学は、その後である。

スタンフォード時代にはフーヴァー研究所で共産主義国の研究をおこなうという、はたから見れば実に奇妙に思える光景かもしれないが、西側が共産主義国をどうとらえているのか、国が派遣された自分に求めたのはそのことだった。

しかし、おそらくスタンフォード大側もそれを十分に知っていながら、中国の留学生を受け入れるというその太っ腹というか寛容さに接して、「ああ、これが自由というものなのか」と、このとき張は美国の民に深く親近感を持つことになった。

それは、日本で学んだとき以上の感動でもあった。そしてこの経験こそが、国に帰ったら体制変革に自分の生涯をかけると、張に決意させたのである。

それには党中央へ大きな影響を与えることのできる中央軍委のメンバー、つまり委員になることが必要だが、たとえ北京大卒、国防大卒、海外留学の経験を持つエリートと目されようとも、そう簡単なことではない。

現に、いま上にいる宋上将などは、あと二、三年もすれば軍からは事実上お払い箱の身となる。その焦りから中央軍委への道に躍起になっているが、おそらくこのおやじにはお呼びはかからないだろうと張副司令員は思っていた。

張よりも一〇歳は年上だが、国防生（一般の大学に設置された軍事教育課程の学生）あがりで、それなりに部隊の長としての経験はあるが、戦略家にはほど遠い人物である。

だがいまの中国には、この種の将官がいくらでもいる。これまでは多くの将が、限定される軍の要職のポスト争いに目を向けるよりも、軍の利権でときに私腹を肥やすことに血道(ちみち)をあげていたのだ。

宋上将も、そうしたわかりやすい将ほどではないにしても、北京の軍区におさまる前から、本来質素を旨とする軍人にはあるまじき贅沢な日々を送ってきたであろうことが、その腹の出た体軀からもうかがえる。

張は、あの密談だけでなく、こうした上長らを要領よく補佐することで、現在の副司令員という地位にまで達することができた。

表立って目立つようなことはせず、しかし上の求める情報をタイミングよく提示することで、少しずつ信頼を得ながら、より地位のある者へと接近していく。それは、徐々に軍の中へ深くへ入り込むということでもあった。

現代においても多くの国で読み継がれ、研究対象ともされる孫子は、その兵法のなかで「九地」を説いた。

「是故散地則無戦」（これゆえ散地には、すなわち戦うことなかれ）

「軽地即無止」（軽地には、すなわち止まることなかれ）

散地とは自国内をさし、ここでの戦いを避けよと孫子はいう。そして、軽地つまり他国に深く攻め入ることのない状況下には、いつまでもとどまるべきではないと。

だが、孫子はこうも説く。

「重地即掠」（重地には、すなわち掠む）

そう、敵の奥深くに攻め入ったならば、敵の糧や財を調達せよと。

まさに前の中日戦争における日本軍こそ、この重地に活路を開こうとしたのである。だが、張はそうではなかった。

孫子のいう重地は、敵国深く進攻したならば、そこで敵に混乱を生じさせることなのだと、張は学生時代に解釈した。

こちらが敵地にとどまるだけなら、敵情は大きな混乱をみない。しかし、そこで兵らが糧や財を徴用すれば敵の民はたちまち混乱して、敵軍は戦闘のみならず、地域の平定にも兵力をそがれるようになる。

――ならば、敵地へと深く攻め込んだ際、徴用以外に敵を混乱させるすべはないのか。

張はそう考えた。これが、国防大学の修論「重地戦」の発端のアイデアだった。

それはまた、張の処世術の基本ともなった。相手の懐に深く入り込み、大小いくつもの問題を抱えるその相手に、一つか二つの解決策や答えを導く情報を示すことによって、絶対的な信頼を獲得していくのである。

人は誰でも自分が抱える問題のすべてを短時間のうちに解決できるとは思っていない。だが、そうであるがゆえに、一つでも二つでもそうした問題を減らしたいとも思う。

重地戦では、自軍部隊により敵の混乱を助長することが必要となるが、それが国ではなく一個の人間の場合は、こちらが混乱をもたらさなくとも、多くの問題を抱えた相手に勝手に混乱が生じることになる。

しかもそれは組織的地位、社会的地位が上がれば上がるほどその頻度を増す。なかにはそれに耐えられず、みずからが問題の発生源となるような者もいる。要するに、そうした要職者を生かすも殺すもその下につく人間次第なのだ。

古今東西、名将の下に名参謀ありといわれるが、まったくそのとおりなのである。張が常に副あるいは補佐の地位をよしとしていた理由もそこにあった。

ただ人民解放軍が日本に対して、本当に重地戦をもくろんでいるのなら、それには党中央、あるいは中央軍委による軍の絶対的な統制が必要となる。

それは素案のぬしである張がいちばんわかって

いたが、いまはまだ戦区司令部の副司令員にすぎない身では、中央軍委にさえ意見具申ははばかれるところであり、ましてや党中央への直訴などは考えられなかった。

そんなことをすれば、あの胡耀邦のごとく、たちまち中央軍委の長老たちから批判の嵐を浴びて、北京から遠く離れた地へ追いやられることになるのは目に見えている。

再び日中衝突といったリスクはあるとしても、そもそも中央軍委の方針、それ自体には大きな誤りがあるともいえないのである。

しかし軍の、それも末端の部隊が勝手にその中央からの指示を拡大解釈し、それを司令部の司令員でさえ止められないというなかば制御不能な状態が続いているのだ。

それは、一歩間違えばこの中部戦区にもいえることで、敵は日本、美国、朝鮮どころか、かつての瀋陽軍区いまの北部戦区となるようなことも、完全に否定できなかった。

だが、日本軍に向けて実弾を発射すれば、それは明らかに戦争行為にほかならない。そしてその責任をとるのは中央軍委であり、党中央なのである。

張はときどき、自分で自分に課した大命に圧しおし潰されそうになるのを感じながらも、胡耀邦のような自由化を推し進めるリーダーが、また必ず国のなかに出現することを強く期待していた。

そのときには命を懸けて、その人物についていってもよいとの覚悟も、すでにできている。

それでも日本や美国で二〇代のころ、常に自由の風に吹かれて暮らしていたときのことが、たびたび思い出されてくる。

それは、妻子を得たいまも変わらなかった。

大陸に自由の風を呼べという天より受けた大命

を果たすべく、こうして軍人としての日々を送ってはいるが、もう一人の自分に耳を傾けるとき、学者として、あるいは研究者として生きればよかったのにと、そう囁かれることが悲しくもあった。

学生時代には一時期サッカーに興じたが、中肉中背の人なみの体は、これといって特に極めたスポーツもなく、趣味にしてもクラシック音楽を聴くくらいのもので、やはり自分は体育会系というよりは文科系の人間なのだろうと思う。

張は、いまさら考えたところでなんになると、心のなかでため息をついたあと、上将はまだご機嫌斜めなのだろうかと、離れた位置からその顔色をうかがった。

短気ではあるが、なにごとも根に持たないというか、気持ちの切り替えが早いのもこのおやじの性格らしく、その点について張副司令員は、やりやすかった。少なくとも、ねちねちと他人の粗や失敗をほじくりたがる人間よりは、よほどましだ。そう、張副司令員にも宋上将と馬が合うような点はあったのである。

「来月だが、うちで孫の誕生祝いをやることになった。中央軍委からも客を招いている。張副司令員、きみもよかったら一緒に祝ってくれないか」

上将は突然、それまでとはうって変わった様子で言った。

そう言うと、さらに軽口をたたくような感じで、しかし自信なさげに「ヂュ、ニイ、シォンリー、クァイラー」と、中国語で「ハッピーバースデイ・トゥーユー」を口ずさんだ。

張副司令員が、すぐにそれをフォローするかのように、流暢な英語でHappy Birthday to you, Happy birthday to youと歌うと、宋上将は上機嫌になって自分も英語で歌い始めた。

歌い終え、なぜかともに拍手しながら、張が笑顔まじりに矢継ぎ早に問う。

「お孫さんのお誕生日、おめでとうございます。ぜひとも参加させてください。

ところで、お孫さんは何歳のお誕生日をお迎えになられたのでしょう。お名前は……そうだ、プレゼントを……中央軍委のご来賓にも、なにかお持ちしたほうがよろしいですね」

六〇歳を過ぎた白髪の上将は、にこやかな表情を見せながら告げてきた。

「小張（シアオジャン）（張くん）、まあ落ち着いて。孫の誕生日は来月なんでねえ、そう急ぐこともないと思うんだが……」

おやじに仕えて一年が過ぎ、そろそろ相手の懐に入り込んでもいいころだと、張副司令員はにやけそうになる顔を作り笑顔でごまかすのだった。


このとき、中央軍委では一〇日に発生した日本の硫黄島における事案、そして昨日の殲撃七型の事案を含めて、「重地戦」をこのまま継続すべきかどうかの判断に迫られていた。

党中央は一報が入った昨日夜には委員を緊急招集し、日本に対して表向きには強い抗議声明を発することを決めていたが、真意がそこにないことは中央軍委の誰もが知っていた。

当然である。現在の国家主席は中央軍委主席も兼ねているのだ。

それに軍が持て余している一〇〇〇機以上の旧型機を五機どころか、たとえ一〇〇機、二〇〇機失ったところで、将来生起されるであろう台湾戦における航空作戦にはなんの支障もない。

問題は、こちらの挑発には乗らないはずの日本人が過熱し、緊張関係を超えた激発に至ることだった。

中国としては、台湾侵攻の準備が整うそのときまで、日米に緊張状態を強いて疲弊させることができればそれでよかったのである。

しかし六三〇東海事件以降、いったん落ち着いたかと思われた日本側の姿勢が、事件発生以前よりも硬化していることは明らかだった。

かつてはあれほど慎重だった武力行使にも、むしろ積極的になりつつあるといった感じさえ見受けられる。

それは日本政府の対応がということよりも、日本の世論がそうさせているようだとの観測が、党中央のほうでもあがっており、これ以上の刺激は日本国民を本気にさせるおそれがあるとの見方が、かねてから委員会のなかにもあった。

いや、委員会のおそれは日本国民の感情の激発そのものにあるのではなく、それが作用することによって起こりうる美国の軍事介入にあったのである。

そうなると、台湾侵攻完遂のための第一列島線の整備は、完全に意味をなさなくなる。

台湾に攻め入る際、必ずや介入してくるに違いない美国軍を、本来、第一列島線の外で撃退することが、防衛線整備の目的なのである。むろんその線内に入れば、美国軍であろうと日本軍であろうとこれを殲滅する。

だが防衛線内の制海権確保のためには、軍事的要衝となる釣魚台列嶼（尖閣諸島）ほか、日本の南西に位置する島々を押さえておく必要がある。

日本が領有を主張しようがしまいが、ひとたび戦争になった際に、それらの島々を中国人民解放軍の基地として利用できるようにしておくことが重要なのだ。

重地戦は軍兵の士気の維持とともに、戦区の幹部らに常態的な負担を課すことで、利権争いや金儲けに走らせないようにする策としての側面も持っている。

その継続は、第一列島線の整備の前に美国軍を介入させる危険を有する一方、日本軍を疲弊させるとともに、戦区の力を中央によって制御する機能を有しているはずだった。

ところが、戦区は軍区時代と同様に重地戦を十分理解することなく、またしても勝手なふるまいを見せ始めたのである。

この問題の矛盾を解くすべを、軍の最高頭脳がそろう中央軍委であっても、いまは持ち合わせていなかった。

「いっそ国防科技大学の天河にでも答えを出させたらどうか」

委員のひとりが冗談混じりにそう言っても、会話が途切れがちな会議室の中にいて笑う者は、ひとりもいなかった。それどころか、発した委員に向かって、ふざけるなとの視線を送る者さえいる。

「(重地戦の) 発案者の話を一度聞いてみたいと思うが、どうだろうか」

中央軍委主席のひとことで、批判の嵐が巻き起こりそうだったその場は収まることになった。

第6章
陸自ファスト・キーパー

二〇二〇年四月一日夕
尖閣諸島北小島
陸上自衛隊（陸自）第四師団第一六普通科連隊
南西派遣レンジャー特設中隊

深い夕暮れとまではいかないが、陽は少しずつ海にかげりつつあった。

熱帯なのかと思う。いや、熱帯なのだ。尖閣諸島は、日本の気候区分では南西諸島気候区だが、日本の小中学生が社会科で教わるケッペンの気候区分ではAfに該当する。Aは熱帯、fはドイツ語のfeucht（フォイヒト／湿潤）の頭文字である。まさしく熱帯雨林気候だ。

南の九州で育った松永三佐にも、ここは同じ日本なのかと思えるほど暑かった。それもまだ夏にはほど遠い春だというのに。

全員レンジャーあがりの連中とはいえ、部下たちはだいじょうぶだろうかと、松永三佐はCRRC（Combat Rubber Raiding Craft）に乗る七名の隊員たちに目をやった。

艇長兼部隊指揮官の松永と総舵手、ほか六名の隊員たちである。

島の南三〇マイル（約五・五キロメートル）沖に浮上した海自の潜水艦「じんりゅう」から進発して、目的の北小島はもう目の前に迫っていた。

中隊長の松永が乗る指揮艇のほか二艇が随伴しているが、同じように近くの南小島にも、まもなく第二小隊の三艇が上陸する手はずとなっている。

米国製のＣＲＲＣは全長五メートル弱、全幅約二メートルのゴムボートで、陸自では戦闘強襲偵察用舟艇と呼ぶ。

最大積載量は一・二トン、最大で一〇名を乗せることができる。手漕ぎはもちろんのこと、運用条件にもよるとはいえ、一基または二基の船外機を使えば、速力数ノットから二〇ノット超で一〇〇キロメートル超の航続を可能とする。

業務用や一部のレジャー用ゴムボート同様にいくつかの区画に分かれた気密室を持ち、浮力性は高いものの防弾性はない。

軽量とはいえ、艇体だけでも重さ一〇〇キログラムを超えるが、隊員数名で持ち運ぶことができ、トラックや船舶への搭載が容易で簡単に展開できる。

陸自の水陸機動といえば、二〇一七年に発足した佐世保の水陸機動団ばかりがマスコミには注目されるが、第四師団隷下の一六、四〇、四一といった三つの普通科連隊も、その水陸機動団発足前から水陸両用の訓練を重ねている。

たしかに、一回の訓練に参加する隊員の数は小隊規模のわずかな人数だが、年に数回を何年も繰り返していれば、連隊のほぼ全員が水陸両用戦に不可欠な最低限の技能を有することになる。

事実二〇二〇年に至るいま、四師団の各普連は和製海兵隊と呼べるほどの実力を有していた。

そもそも水陸機動団では米海兵隊のノウハウをマスターするにとどまらず、団全体を海兵隊最強とうたわれるフォース・リーコン（武装偵察隊）に近づける努力がなされてきた。

第一空挺団が「空挺」と称するものの、実際には空挺特殊旅団、空挺レンジャー旅団であるのと同じように、水陸機動団はただの水陸両用戦部隊ではなく、水辺でのあらゆる戦いに秀でた一種の特殊部隊なのだ。

本家の米海兵隊フォース・リーコンは、グリーンベレーやシールズといった世に知れた特殊部隊とは異なり、特殊作戦軍隷下の部隊ではないため日本では注目を浴びることが少ないが、海兵隊が擁する特殊部隊であることに変わりはない。

実は、自衛隊が各国軍から精強と目される背景には、こうした部隊作りや装備開発における自衛隊独特のドクトリン、戦闘教義が存在するからでもある。

むろん、そうしたマニュアルが存在したり、そのための思想教育がおこなわれたりしているわけではない。そうではなく、どうせ作るならふつうのレベルではなく、それを超えたものをという考え方が、陸海空自のいずれにもむかしから存在するのだ。

なぜか。これはある意味当然のことで、中国とは違って兵力や予算が極端にかぎられた自衛隊では、コストパフォーマンスの高い部隊や装備を擁しなければ、政治が求める防衛力整備さえままならないということになる。

そのため部隊の新編であれ、新装備の開発あるいは調達であっても、オリジナルからその技術やノウハウを修得するにとどまらず、より高い次元に、より高度なレベルに達するよう心がけるというある種のクセ、習性が組織の中に浸透している。

普通科連隊にレンジャー有資格者を複数置いて、連隊全体をただの歩兵連隊ではなく遊撃戦を可能とする連隊にする。また四師団のように、普通科の隊員に水陸両用戦の基本的な戦技を修得させ、普通科連隊に海兵隊のような機能を持たせるといったこともその例にもれない。

しかし、それは自衛隊にかぎらず、日本人に共通するものなのかもしれない。ただ、そうした日本人のある種の器用さを、おもしろく思わない国があることも事実だ。

それが民族のプライドゆえのことか、あるいは自分たちが思い描く外交政策の邪魔になるからなのかは定かではないものの、日本憎しの感情を強く持つ国、いや国そのものというよりは、日本にそうした悪感情を抱く一部の外国人がいることは、どうにも疑いようがない。むろん、そうあってほしくはないにしてもである。

それは朋友アメリカが、イスラムの一部の民に嫌われる構図とは少し違っているのかもしれないが、富める国、富める民に対する人々の非難は太古からみられるもので、その問題をいっぺんに解決するすべはなかなか見つからない。

それは二一世紀のいまも同じである。

松永三佐は防大出のエリート幹部であるにもかかわらず、なぜか出世にはまったく興味がなかった。むしろ、自分はなぜ防大へ入ったのか、なぜ自衛官候補生を経て二士からの道を歩まなかったのかと、そんな後悔にも似た思いさえ持つことも過去にはあった。

だから、防大からお決まりの幹部候補生学校へと進み、階級としては下士官最上級の陸曹長から幹部最下位の三等陸尉に変わってすぐに、富士の幹部レンジャー教育課程を希望することにもなったのである。

中隊長には、まず一、二年部隊の経験を積んでから進んではどうかと止められたが、きかなかった。とにかく富士（学校）の幹部レンジャーへと、防大の学生のころから腹を決めていたのである。

というのも、防大生のころにも一度似たようなことを教官に聞かされ、そのときには涙をのんで従うという過去が松永にはあったからだ。

「学校を辞めて、今秋の自衛官候補生を受験します」

入学直後の一年生の春に、松永は指導教官にそう宣告した。むろん教官も学校側も止めに入ったが、それでもきかず退学届の準備までしていた。

すんでのところで思いとどまったのは、同郷の同期のひとりから、こう言われたからだった。

「あんたは、それでいいかもしれんばってん、入りたくても落ちた人のことは、どうなると？ それも、なんとも思わんとね」

警戒の目を強めながらも、松永三佐の頭には、あのときのことがふと思い浮かんだ。

――俺がいま、こうして「軍人」としての生きがいを感じられるのも、みんなあのときの教官や同期のおかげだ。

松永三佐のそんな回顧に、さあ、ここからは頭を切り替えていけよと、舟艇がどんと着岸した。

いよいよである。

部下たちは松永の指示を受けることもなく、また声を出すこともなく、それぞれが必要とされることを手際よくこなした。

事前に潜水艦とＵＡＶ（無人偵察機）とで島の偵察は実施していたが、上陸してくまなく捜索するまでは敵がいないとはいえない。

敵は、おそらく中国軍である。いや、ほぼまちがいない。

島への潜入手段はどうであれ、北朝鮮の軍や工作機関には、そこまでの力はないはずだと、松永三佐の考えも上のそれと同じだった。

しかし今回の任務は、島に敵がいるかどうかにかかわらず、防衛の隙間となることが判明した無人島を、陸上自衛隊としてどう手当てするかという、いわばその実地検証にあった。

むろん、武装した敵がいれば、これを掃討、殲滅あるいは捕獲する。

防衛出動命令は、先月二〇日に空自が中国空軍機とやりあってすぐに常時発令状態にある。

とはいえ、第二次世界大戦よろしく総力戦に突入したというわけではない。状況は依然として緊張状態の持続といった感じで、陸自の第一線の部隊にしても、さほど平時とは変わらない態勢にある。

北小島捜索任務も、訓練と大きく変わらなかった。いや、実弾を携えて戦闘行為や武力行使に至ってもよいということ以外、訓練とまったく同じといってもよかった。

松永三佐は、本来は一六普連の第三中隊長の補職にあるが、部下にも常々「訓練どおりにやれ」と口癖のごとく告げていた。

このレンジャー特設中隊は、定置の各中隊からそれぞれレンジャー有資格者のみを選抜した三個の小隊からなる臨時の部隊であった。

そのため一個小隊の人員は、通常の定数よりもずっと少なく二十数名しかいない。一個班七、八名からなり、三個班で一個小隊を組んでいる。

実際には、中隊どころか二個小隊にも満たない編成であった。

だが全員がレンジャーあがりで、生還を期さずの遊撃戦、すなわちゲリラ戦なら、おそらく敵の歩兵一個大隊三〇〇名、四〇〇名と刺し違えることができる。そう訓練されている。

この感覚は、同じ自衛隊幹部であっても防大を出たエリートの海空の人間にはわからないであろうと思う。

制度がどう、法律がどうのと、自衛隊の弱点を数字であれこれあげつらうようなことはできても、なにがどう精強かということは、それぞれの持ち場で大きく見方は変わってくる。

だが、外の人間、自衛隊との関わりのない人々は、ひとりの自衛隊幹部の、それも階級が上であればあるほど、その人間の私感をあたかも正論であるかのごとくに受け止めてしまう。

相手が東大卒、京大卒と聞いただけで、頭がいい、言うことがやはり違う、きっとまちがっていないだろうと、単純にそう思い込んでしまうのと同じである。

人には、明らかに肌感覚というものがあって、それはけっして理屈や原則、理論だけでは説明できないものなのだ。

それがわからない人間は、やはり自分の思い込みや主観だけでどのような対象についても判断し、そうした悪習によってみずから余計な問題を抱え込むことにもなる。

松永三佐が事あるごとに部下に説くのも、そのことだった。頭は大事だが、その頭以上に体を働かせろ、動かせと怒鳴ることもよくある。

そういうときに松永は決まって、防大の学生当時に「良書も、ときに辛口の評を受けることがある」と言った教官を思い出した。

多くのふつうの読者は自分が読みたい本か、名高い賞を得た本か、あるいは高い評価を得た本しか読まない。

その読後感もまた、自分がカタルシスを得られたかどうか、納得できたかどうかいう点で終わる。

だが良書かどうかは、そうした判断とは多くの場合無縁なのだと、文学史を専門とするその教官は説いた。では、良書とは何かとの学生の問いに、その教官は答えなかったのだ。

「決まった答えを得る、理解するということだけで、人間はいいのでしょうか。わからない、理解できない、そして興味も関心もないことは排除する。それは人間にとって、実に愚かであり、悲しいことではないでしょうか。

むしろ人間が物事を考える、知るということは、そういうことではないでしょうか」

教官のこの言葉が、三〇代の後半に達したいまも松永三佐の脳裏にこびりついていた。

——そう、自分もそうだが、人はふだん自分の関心が向かう方向にしか思考しようとしない。そしてそこにとどまるほど、自分も周囲も次第に見えなくなっていく。だが戦場では、それはおそらく死に直結する。

訓練時、松永は部下に周囲の警戒を怠らないとはどういうことなのかを、具体的に示すことを忘れなかった。

自分の中隊が野外での演習に臨む際、他の中隊長にお願いして、その中隊のレンジャーあがりの隊員に偽装させて事前に演習場に配置したこともあった。

演習では仮設敵部隊を、他の中隊や部隊が演じることもあるが、そうでない場合は、敵の散兵がどこそこに展開している、潜んでいるという仮定、想定で終わってしまう。

そこには当然動く人、実体がないのだから、演習の実施部隊の隊員にしてみれば、往々にして敵情を警戒した気、確認した気ということになっておしまいとなる。

だが実戦は、そんなものではない。そうはうまくいかないはずだとの思いが、松永三佐には常にあった。

完全に周囲に溶け込んだレンジャーあがりの隊員の偽装は、五メートル、三メートルと近づいても見破ることはできない。

しかし、実戦ではそれを理屈や知識以上に、ある種の感覚、勘、におい、動物的な本能、空気、風などによって察知できなければ、敵を制圧するどころか自分が死ぬことになるのだ。

　レンジャー訓練は、それを徹底して隊員に叩き込む訓練でもある。

　極限状態に追い込むのも、いじめやしごきなどではなく、肉体が発する強烈な生への渇望により、頭のなかの余計な屁理屈やら感情やらを一時的にクリーンにして、野生の獣のごとく知覚を鋭敏にすることにより、通常ではとうてい探しえない水のありかや敵の気配を察知するすべを体得させるためだ。

　その経験やノウハウを、指揮官の自分を含め部下の全員が有している。島の捜索も訓練どおりに実施すれば、そう大きな面倒は起こらないはずだとの自信が松永三佐にはあった。

「中隊長、自分は前に、陸はファイナル・キーパーだと聞いてたんですが、いまじゃファスト・ロープ、ファスト・キーパーてことでしょうかね」

　上陸後、なにごともなく海岸堡を確保してひと息ついていると、中隊でいちばんの猛者（もさ）であり、古参である先任の曹長が、ドーランで真っ黒にした顔を向け、にやりとしながら語りかけてきた。

　ファスト・ロープとは、ホバリングしたヘリからロープを垂らし、これと似たようなリペリングとは異なり、ストッパーとなるカナビラなどの策具を使用せずに腕と足、体をうまく使って降下する方法だ。

　リペリングよりファスト（速い）という利点がある反面、そのぶん危険率も高くなり、熟練の隊員にしか許されていない。

　ファイナル・キーパーのほうは文字どおり「最後の砦、守り」という意味だが、これは有事の際、まず空自、海自が初動にあたり本土で敵を迎え撃つ陸自の出番は、いちばん最後ということから言われてきたが、実際にはそういう最終事態を生起させないようにするという意味でもある。

それが、いまはファイナルではなくファストではないかと、曹長はいささか皮肉めいた感じで訴えているのだ。

「ファイナルでもファストでも、あんたみたいなベテランがいるから、うち（中隊）にはあまり関係ないと思うね」

同じように皮肉っぽく返すと、ギロリとした赤い目を向けて、ブッシュハットの頭をわずかに下げてみせた。

「三班から二名、斥候を出しました」

小隊長の若い三尉がそう告げて来た直後だった。ボーンともパーンともつかぬ音がかすかに浜に響いたかと思うと、獣のような呻(うめ)き声が、三尉がやってきた方向から聞こえてきた。

「伏せっ！　周囲を警戒」

松永三佐は近くにいた部下たちにそれだけを告げると、ヘッドセットの無線で三班長を呼び出した。

「〇三(マルサン)、二〇(ニイマル)、状況知らせ、オクレ」

〇三は三班長、二〇は中隊長を意味する無線交信時のコードである。

応答がない。松永三佐は同じように二度ほど呼びかけたが、やはり返ってこなかった。

「おそらく、三班長みずから斥候に出たのではないかと思われます。人選は三班長に託しましたので」

ヘッドセットは一班から三班までの各班長と、小隊長、中隊長、通信員の二曹、それに先任の曹長しか持っていない。呼び出しに答えないということは、斥候に出た二人のうち三班長が大事に至ったということになる。

「見てきます」

爆発から一分ほど経ち、敵の持続した攻撃が見られないと覚った三尉がそう言うと、ゆっくりと体を起こし周囲を見やったのち、腰をかがめるようにして離れていった。

――エイプリルフールか。

松永の頭になぜかしら、およそこの場とは無縁な言葉が浮かんだ。すぐにそれをかき消して、次は戦闘警戒よりもまず救助要請だなと指示の優先順位を瞬時に弾き出した。

訓練でも負傷者の救助、搬送は繰り返しやっている。隊員の死傷までも想定済みとするようなことには、いささか気がひけるとはいえ、しかしそうしたことも想定して訓練は実施する必要がある。

三班長の状況はまだ送られてこないが、北小島の東三〇マイル（約五五キロメートル）付近でバックアップについているはずの海自護衛艦「あきづき」に救助要請するよう、通信員の二曹へ松永三佐は命じた。それから数分と経ずに、小隊長から無線が送られてきた。

「二〇、一〇（ヒトマル）、オクレ」

「一〇、こちら二〇、オクレ」

「二〇、一〇、えー、〇三は海岸よりおよそ五〇メートルの地点で両足を負傷、出血が見られる。バイタル、意識はいまのところ明瞭、はっきりとしている。至急、救助されたい。負傷は地雷によるものと思われ。大至急、救助を請う、オクレ」

慌てたふうではなく、訓練どおりに淡々と送ってくる小隊長の無線に、松永三佐はいくらか安堵したものの、三班長のケガの程度が気になった。

「あきづき」からは、通信員が救助要請の無線を送ってからすぐ、救難ヘリを発艦させた旨の無線が折り返しあった。

この艦は、通常は哨戒ヘリしか載せていないが、二機の運用を可能とすることから、支援に際して急遽（きゅうきょ）、那覇基地所属の救難ヘリ一機を手配し、搭載してくれていた。

一五分とかからず到着するはずだが、その間、部下が大量の出血に至らないことを松永三佐は祈った。

むろんくどくいわずとも、小隊長や三班員らが、すでに止血ほかの応急処置を手がけているはずである。そう訓練してきたのだ。

だが負傷者、いや死傷者が出ても任務は完遂しなければならない。味方の戦死傷者が出るたびに任務を中止したり放棄したりしていたら、それはもはや軍隊とはいえなくなる。まずは、敵の有無と武器の出所の特定が必要だった。

小隊長は地雷らしいとの報告をよこしてきたが、それが中国軍のものなのか、あるいは可能性は低くても北朝鮮軍のものなのか。ひょっとすると古い戦争当時の遺物なのかもしれないが、とにかくモノを調べてみるまではなんともいえない。

松永三佐は南小島に上陸した二小隊にも、無線で注意をうながしたあと、二班長の指揮のもと一班の四名と二班の八名の計一二名で、三班とは別のルートを使って、予定どおり島の捜索にかかるよう命じた。

そして小隊長と三班には、まず負傷者の救助とその周囲の警戒を実施させた。ほかにまだ地雷が仕掛けられている可能性もあるが、救急搬送が必要な負傷者をひとり残して放置するわけにはいかない。

極力、爆発地点および負傷者から半径三メートル以上のところに他の隊員らが進入しないようにして警戒にあたらせる必要があった。

敵がもし潜んでいるとすると、負傷者の救助の際がもっとも狙われやすいからだ。

いや、それでもそこが万が一、地雷原であったなら、他の三班員もみな無事ですむとはかぎらないのである。

対人地雷は、国際的には一九九九年三月に発効された対人地雷禁止条約、いわゆるオタワ条約で原則禁止とされたが、いまだに全面禁止には至っていない。

陸上自衛隊では、このオタワ条約を受けて従来型の対人地雷を廃棄し、対戦車地雷やクレイモア地雷といった遠隔操作が可能な地雷のみを装備している。

地面に埋められた地雷を人が踏んで爆発する従来型のものの多くは、敵の兵を減らすためというよりは、敵の戦力を減殺するために使われる。

そのため、あえて即死に至るような強力な爆発力は施さずに、それを踏んだ兵が足や下半身を中心に大ケガにおよぶ程度の威力にとどめてある。

威力を抑えているといっても、実際には片足がふき飛んだり、尻や腰の一部がえぐられたり、場合によっては下半身のみならず、上半身にも破片等で無数の裂傷を負うといったいやらしさがある。

ひとりの兵が地雷で負傷すれば、それを救おうと何人もの兵が手を貸さなければならない。しかもこうした地雷は、適度な間隔を持たせて各所にばら撒くように敷設（地雷原）されている。

そのため味方が救助にあたろうにも、負傷者の周辺になお地雷があると考えると、そう簡単には救い出すこともできないことになる。

埋めてある場所がわかれば、そこに棒きれや布きれ等の目印を置いて、後続者はそれを見て避けていくこともできるが、たいていはすぐには見つからない。むろん、そのように埋めてあるからだ。

金属に反応する地雷探知機でもあればいいが、

なかには地雷探知機に反応しないようプラスチックで作られた地雷もある。結局は人が足を踏み入れ、探針やナイフなどを使って地面にそれを静かに突き刺し、慎重にたんねんに少しずつ少しずつ進みながら探していくほかかない。

そうでなければ、地雷原と思われる区域の全部または一部を、地雷原処理車や地雷原爆破装置等を使って処理し啓開路を得ることになるが、むろん目下の松永三佐のもとには、そうした装備はなかった。

野砲の砲弾や航空爆弾のように一度に数十人、数百人という兵を殺傷する威力はなくとも、敵部隊の動きを遅滞させたり、戦闘に参加する敵兵を減らしたりといったことを目的に作られた武器なのだ。

したがって、三班長の負傷が真に地雷によるものなら、それは地雷原を構成する地雷の一つである可能性が高い。だが地雷でないとすると、敵がなんらかの企図によって仕掛けた単発的な手榴弾であるとか、少量の爆弾、爆発物といったことも考えられる。

クレイモア地雷は地雷とはいうものの、実際にはそうした仕掛け爆弾の一種で、大きな弁当箱をやや湾曲させたような本体に、数百グラムの爆薬と直径一ないし二ミリメートルほどの鋼球が数百個収められており、これを罠線やリモートの点火装置等で爆発させる。

本体は、地面の上に設置したり木にくくりつけたりしたあと、周辺の植生等で偽装しておき、敵の散兵が一〇〇メートルから五〇メートルあたりにまで迫ってきたところで点火する。

本体から縦五〇メートル内、横五〇メートル内の範囲にいる敵のうち、本体を起点に左右三〇度すなわち六〇度の扇状に位置し、高さ二メートル内にある敵兵は、ほぼ全員が即死するというおそろしいものだが、これを使う際には、味方の側も後方二〇メートルあたりまでは危険な爆風にさらされるため、身の隠蔽掩蔽が必要となる。

二〇〇六年九月、アフガニスタンでは英軍の空挺部隊がゲリラの捜索中、過去にロシア軍が敷設した地雷原に踏み入れ、最初の負傷者を助けようとして次々に負傷し、一人が死亡、六人が負傷するという惨事に陥った。

松永三佐は敵の襲撃に備え、クレイモアをどこに置くかを決める前に、そのことをふと思い出して、英軍の二の舞にだけはなりたくないと思った。

先任の曹長に、クレイモアの設置を松永三佐が託してから五分と経ず、深い夕闇を突いてバタバタとローター音を響かせながら、海自のヘリはやってきた。

無線で到着を知らせ、安全を期して島内深くには入らず浜に降りるが、そこまで負傷者を動かせそうかと訊ねてきた。

松永が小隊長に無線で問い合わせると、担架があれば、との返事があった。

海自は、用意してきた医官も乗せてきたという。

さすが海自はいつもやることがスマートだなと、松永はつい思いそうになったが、救難ヘリが担架を乗せているのはあたり前じゃないかと、すぐ気づいた。

クレイモアの設置を終えて戻ってすぐの曹長ともう一名の部下の二人に、「すまないが」と前置きして、ヘリの担架を三班まで運ぶように指示した。

それから一〇分が過ぎて、二班が島の東側から上陸地点の反対側になる北側へと移動した。

さらに三〇分ほど経ったとき、突然パチパチと耳慣れた八九式小銃の射撃音と、それとよく似た、しかし微妙に異なる射撃音とが闇の迫る島に響いた。

救難ヘリは、まだ負傷者を収容していない。

——しまった！

松永三佐がそう思ったとき、二班長から無線が入った。

「二〇、〇二、〇二は敵のアンブッシュ（伏撃）に遭遇、島の北岸から約三〇〇メートル」

荒々しい息でそこまで言うと、くわしい状況を伝えることなく無線は途絶えた。

——戦闘で忙しいのかもしれない。

二班長にも大事が起きたとは、松永は思いたくなかった。

「一〇、二〇、一〇、二〇、負傷者の収容、急げ、オクレ」

松永が、短くも冷静にそう言うと返信があった。

「二〇、こちら一〇、負傷者の収容完了、ヘリに収容した、オクレ」

——よし！

松永三佐はそれにより、小隊長を含め三班の他の者が新たな被害にさらされなかったことを知ると、すぐに切り替えて再び小隊長へと命じた。

「了解、二〇、えー、一〇は、〇三（三班）とともにLZ（上陸地点）まで後退し、敵の襲撃を警戒せよ。後退を完了したら知らせ、オクレ」

「二〇、一〇、了解、LZまで後退し、後退後に連絡、オクレ」

「こちら二〇、了解、オワリ」

このやりとりの最中、海自のヘリは再びバタバタと島を離れていった。

小隊長と三班員の七名を、松永三佐はそのまま二班の応援に送るかどうか一瞬考えたものの、二班の状況把握を先行させるべきと考え、一時待機させることにした。

「〇二、二〇、了解。〇二は別命あるまで現状にて待機。繰り返す、〇二は別命あるまで現状にて待機せよ、オクレ」

「こちら〇二、了解。〇二は、別命あるまで現状にて待機」

松永三佐が連隊長から課せられたのは島の捜索だったが、もう一つ、敵と遭遇した場合には事態を長引かせることなく、すみやかに終結させるようにとも告げられていた。

統幕が鎮西作戦の支作戦として起案したアイアン・ビー、すなわち「鉄の蜂作戦」における陸自のそれは、島や沿岸部に逐次、小部隊を展開し、総力戦ともなれば必ずや数で圧倒してくるであろう敵、すなわち中国軍に対して、その初動においてて敵の機先を制し、敵が混乱するうちに味方の本隊を呼ぶというものだった。

そのため初動に際しては、たとえ海空の支援を

「〇二、二〇、状況を知らせ、オクレ」

二度繰り返したが返信がなかった。

松永の額（ひたい）に冷汗がにじんだが、三回めを発しようとしたときだった。

「二〇、こちら〇二、敵は三ないし四名と思われ、国籍は不明。〇二は、はじめに敵の射撃を受けて、これに応戦、現在のところ味方の負傷者なし。なお数分前に敵は射撃を中止し、自陣まで後退した模様。敵は、対舟艇誘導弾をともなう陣地を構築している。事後の指示を請う、オクレ」

——そういうことか。とき来たりなばってやつだな。秘かに身を隠しておき、本国からの指示が出たら適当な目標（海自艦艇）を襲うわけだ。

すると、連中は定期的な補給を得ているということになるが、それもやはり潜水艦からということになるのか。

松永三佐は瞬時に頭をめぐらせた。

請うかたちであっても、可及的すみやかに敵を圧することが目標とされたのである。

むろん、この支作戦のことは松永も承知している。

海空の状況がどうかは知らないものの、少なくとも陸では、いちおう部外秘とされながらも、実際にはすでに全陸自に達せられており、若い陸士も鉄帽の呼び方になぞらえて「てっぱち作戦」などと戯言(ざれごと)のごとくに発していた。

——おそらく自分らだけでやれないことはないと思うが、すでに一名負傷者も出ている以上、妙なプライドにこだわって、さらに被害を出すことのないよう、重ねて海自の協力を仰いでも誰からも非難されることはないだろう。よし、一気にかたをつける！

松永三佐はそう決心すると、事前の部隊間の調整により石垣島に待機しているはずの海自P‐1哨戒機に、対地支援攻撃を要請することにした。

そして、無線で小隊長だけを呼び寄せて告げた。

「小隊長、きみのＦＡＣ（前線航空管制）資格を十分に役立ててもらいたい」

それから二時間と経っていなかった。

「リトル・タートル、こちらキングフィッシャー、ジィロ、ワン……」

ＡＧＭ‐65空対地ミサイルを搭載した海自のＰ‐1は、さきほどのヘリとは違って、島の闇をジェット機特有のエンジン音で切り裂きながらやってきた。

こちらの態勢は、すでに万全だ。中隊長の松永を含めて敵陣近くに身を潜め、ＦＡＣの小隊長は、暗視ゴーグルで敵情を十分に把握していた。

赤色ライトの下、地図のグリッドとコンパスとを何度も照合させてから、念のため携帯ＧＰＳでこちらの位置と敵陣の位置とを確認する。

まさに準備万端であった。

「キングフィッシャー、ジィロワン、ディス、イズ、リトル・タートル、ターゲットナンバー、アルファー、ブラボー……」

小隊長が流暢な英語でP‐1に送る。

三分と経ずに、P‐1は暗中に火炎の帯を放つと、そのたった一発で松永たちが目にしている敵陣を破壊したのだった。

部下の間に歓呼の声は起こらなかったものの、ほっとした笑顔が見てとれる。

松永三佐が、あとは現場の検証だけだなと思ったときだった。

破壊されたばかりの敵陣からそう遠くないところで、短い火炎がパッとあがったかと思うと、それは白煙を引いて、ほんの数秒のうちに、おそらくは旋回中のP‐1へ、あたかも点火、着火するかのごとくにぶち当たった。

それから三秒、いや二秒も経っていただろうか。聞いたこともないような轟音とともに暗い空が急に煌々と明るくなり、エンジン付近から爆発炎上したと思われるP‐1は、低空から一気に暗い海へと落ちた。

一瞬の出来事に、松永三佐も部下もあっけにとられそうになったが、松永が命ずるまでもなく地上の火点に向けて部下の小銃が一斉に火を噴いた。

「一班、前へ！」

松永が発する前に、小隊長がいつも以上に語気を強めてそう発すると、班員たちがニンジャのごとく闇に消えていく。数秒後、二班もその後に続いた。

「二〇、一〇、敵一名を制圧」

中隊長の松永三佐は、小隊長からその無線を受けて、いまこのときに自分がなぜ小隊長ではなく中隊長だったのかと、初めてやりきれない気持ちになった。

だがＰ‐１の支援を要請したのは、ほかの誰でもなく自分だったのである。

――早期の終結どころか、二、三日は島を出られそうにもないな。おそらく、その間は寝る間もないだろう。自分はいいが部下たちはどうか……。

それでも松永三佐は、きりっとした目を部下たちに向けると、ただちに撃墜されたＰ‐１の救難捜索活動に入るよう部下たちに命じた。

彼らは「レンジャーっ！」とだけ力強く答えると、小隊長そして先任の曹長の指示のもと、ただのひとりも不平不満どころか無駄口ひとつたたくことなく、舟艇のある浜へと急いだ。

そう、自分のやるべきことを訓練どおりにやるだけだというように。

終章

二〇二〇年三月二一日
空自那覇基地
飛行教導群那覇派遣飛行隊

中国空軍のJ-7殲撃七型を三機撃墜して、無事帰還した長澤三佐は、基地の隊員たちに派手に迎えられることはなかったものの、整備員ら数名から拍手と敬意のまなざしを浴びた。

一夜明けて、長澤にとってはあれくらいは当然との思いがあったが、ここは謙虚に努めるべきとの思いもあって、賞賛の言葉ににもにこやかに応ずるだけにとどめていた。

飛行教導群からは先遣の長澤機に加え、夕方までにもう一機の僚機が小松基地から飛来する予定だったが、その前に長澤は、直接の上級部隊ではない第九航空団の司令、すなわち那覇基地司令から呼び出しを受けた。それも司令室ではなく会議室だった。

「昨日はお疲れさまでした。さすがとしか言うほかないが、実は飛行教導群司令からの頼みで、あなたに伝えてほしいということなので、わざわざご足労願ったわけです」

長澤三佐は、なにを言われるのかと多少気がかりではあったものの、そうしたことを微塵も見せずに「はい」とだけ告げて頭を軽く下げた。

「実は今回、貴官らがここ（第九航空団）の、まあ、つまり預りになったのには、理由があるんですよ。最精鋭の自分たちがこんな南に、なぜ、どうしてという思いがあったかもしれないが、悪く思わんでくださいよ」

司令がなにを言おうとしているのか、長澤三佐にはよくわからなかったが、相手は群司令よりも格上の航空団司令の空将補である。

露骨に不満気な態度を見せるわけにもいかず、無言を通した。

「空幕、いや、これは統幕での決定事項として、昨年の鎮西作戦の支作戦を全自衛隊として実施することになったんだが、空幕としては貴官らをその先鋒というか、先例としたいと。

まあ、そういうことなんです。アイアン・ビー、鉄の蜂作戦ってことになるのかな、うん」

「アイアン・ビー、ですか……」

「そう、アイアン・ビー」

そう答えてから司令は続けた。

「いや、陸ではもう全体的に部隊の展開を始めていて、海でもあとは各部隊レベルに通達するだけになってるようだが、うち（空自）はローテーションのこともあるから、なかなか具体的なミッションにまでは至らなかったということだな」

「なるほど……それで、作戦の中身というのは……秘、ですか」

「いや、そうじゃない。もちろん、発動までは秘匿されることになってたらしいが、すでに通達済みのいまは、秘だなんだといってもほとんど意味がないからねえ」

軽く笑みを見せながら言う司令に、長澤三佐はじれったいというふうにたたみかけた。

「奇襲？　でしょうか」

「いやいや、昨日、うちの団のＣＡＰ機と貴官が実施したね、ああいうこと」

「えーと、つまり……」

「つまりだね。数で圧してくる敵機には、最初にこちらからガツンと一発やってと、そういうことだね。

　昨日の貴官らのようにガツンとやってだ、あたふたしている敵機を、こっちのエレメント（二機編隊）、フライト（四機編隊）で追い打ちをかけると。まあ、そういう作戦になるかな。

　貴官らは、その見本、いや手本を昨日、全空自に示したことになる。私からも礼を言わないとね。ありがとう、昨日はご苦労さまでした」

　司令のその言葉に、長澤は昨日帰還したあとには報告していなかったあのことを告げることにした。

　敵の、中国海軍のスパイ船は、おそらく実はスパイ船のごとくに偽装した海上航空管制船であること。そして、中国空軍はその管制船を利用して、自機のみでは装備の薄い旧型機を多数管制できるよう画策していること。

　この二点を長澤三佐が告げるやいなや、司令は目を大きく見開いて言った。

「いやあ、長澤三佐、それは撃墜以上のお手柄かもしれんね。さっそく空幕にあげないと」

　締めの会話もそこそこに、司令室へと戻っていった。

　――アイアン・ビー？　俺たちは蜂ってことか？　まあ、鉄の蜂ならそのとおりか……。

　そう苦笑いして会議室をあとにした長澤三佐は、明日、有明一尉と居酒屋に行く約束をしたことを思い出した。

　酒に浸ること自体もう二週間ぶり、いや三週間ぶりになるなと、飛行教導群の猛者は飲む前から少し頬を赤くするのだった。

同年三月三〇日

市谷本村町（東京都）

防衛省庁舎A棟会議室の一室

防衛省には一般向けの見学コースとして、ちょっとしたツアーがある。

我が国防衛の秘をあつかう施設の中が一般に公開されていると聞いて、吉川は防衛研究所に入所したてのころ、自分の耳を疑ったことがある。

だが、実際にそれはある。むろん重要施設への立ち入りは許可されず、見学できる場所や写真撮影等も制限されてはいる。

だが、施設内には史料館の趣きをたたえた市谷記念館のほか、厚生棟には広報展示室や売店があり、ガイドの案内のもとではあるが、立ち入りや見学が許されている。

吉川が呼び出されたのは、そうした一般にも開かれた場所ではなく、外からもひときわ高く映るA棟の一室だった。

ここは防衛省の中枢ともいえるところで、地下にはCCP、中央指揮所が置かれている。日本を襲う怪獣の映画にも描かれているが、SF大戦ではない実際の有事の際に機能するところであることから、入退室のチェックも厳重だった。

入所後、何度か訪れたことがあり、特定の施設にのみ入ることのできるパスも持っているとはいえ、いつ来てもそれなりに緊張感を要する。

「わざわざご足労いただき申し訳ない。早速ですがこちらのレポート、読ませていただきました」

そう言って、最初のあいさつの際に吉川に防衛大臣秘書課長の肩書のついた名刺を渡した四〇代くらいの文官は、いくつか質問を重ねてきた。

「まず、瀋陽軍区にクーデターの可能性うんぬんとあるわけですが、これはクーデター未遂ということでしょうか、それとも実際に起きたが公表されなかったということですか」

「いえ。未遂ではなく実際に起きた、生起されたと言ってよいかと思います。ただ、起きたけれども、部隊が実際に動かされたとかそういうことではなく、そこに記しております首謀者、計画者が党もしくは中央の政府によって逮捕、あるいは摘発を受けたと考えます」

「なるほど、それを証明するものとして、こちらに添付されている北朝鮮と瀋陽軍区に関する資料があると。そういうことですね」

「ええ、そうです」

眼前の文官がレポートの内容について、どの程度信じているのか吉川にはわからなかった。だが、少なくとも自分より上の防衛事務次官や、あるいは防衛大臣にあげても差し支えない類いのものかどうかを真剣に精査しているさまはうかがえる。

そうとらえれば悪い気はしなかったが、こう根掘り葉掘り聞かれると、なにか勘繰られているというか不審がられているようでもあり、吉川は落ち着かなかった。

吉川が提出した分析結果は、にわかには信じがたいものではあったが、内容自体は至ってシンプルだった。

その要点は、以下のとおりだ。
一、中国が日本と総力戦をかまえる様相は、いまのところうかがえない。
二、中央軍事委員会による旧軍区、現戦区の統制にはほころびが見られる。
三、日本に対する中国軍の挑発的行動は、主として二によるもので、全面的な中国政府の指示とはいえないが、同政府の対日強硬路線に大きな変化は見られない。
四、中国政府の台湾侵攻の意図は、軍の兵力分布および定性的な分析から見ても、なお消失していない。
五、目下、我が国が中国軍について最重視すべき点は、旧瀋陽軍区、現北部戦区の動向であり、北朝鮮軍との関係は、計数的に見てもより密な方向へと移行している。

確証が得られなかったことからレポートには記していないが、この内容からも、かなりの確度で中国の国内分裂を予期することは可能なはずだと吉川は考えていた。

かつてSF小説や娯楽戦記小説に記されていたようなことが、現実に起ころうとしている。だが、それを自分の国や官僚に告げるということは、吉川にとって非常に勇気がいることだった。

――クビになったら、またどこかの私大で学生相手に話でもするか。

レポートを出した以上、吉川はそう居直るしかなかった。

同年五月一日
海自佐世保基地
DD-115「あきづき」

砲雷長の中原三佐は、先月尖閣諸島で陸自の支援中、自分ではまったく気づいていなかったが、部下や他の乗組員の話では、たしかに弟の名を一度口にしたと聞かされ、だいぶ神経が参っているのかもしれないと思っていた。

しかし、救助され病院に収容されて二週間になる弟の見舞いに訪れたとき、中原はそうだったのかと納得した。

あれから一か月が過ぎても、弟の隆大はP－1に乗ることはできなかった。いや、哨戒機に乗るどころか、歩行のリハビリさえおぼつかないありさまで、いまだに自衛隊中央病院と自宅とを行き来している。

医官から職場復帰には三か月はかかると告げられ、すっかりしょげていたが、気の落ち込みようの原因はそれだけではないことを中原三佐は知っていた。

海自航空隊の優秀なクルー九人と百数十億円のハイテク哨戒機一機を失ったのである。

奇跡的に助かったのは、弟とMCの二曹の二人だけだった。機長ほかコクピットのクルーは死亡し、もうひとりのTACCOも救助されたときには意識はあったようだが、病院へ移送中のヘリの中で息を引きとったという。

他のクルーの中には、まだ遺体が見つかっていない者もおり、弟でなくとも中原三佐は、その家族や同僚らのことを考えると気の毒でならなかった。

弟らが助かったのも、島にいた陸自のレンジャー隊員らが敵を制圧したあと、すぐにゴムボートで救助活動をおこなったからだ。

もし救助までに時間を要していたら、二人も助かっていたかどうかわからなかったと、航空隊の関係者から中原三佐は聞かされていた。

それを裏付けるかのように、弟はなつかしい長崎の訛りで語った。

「いやあ、海に落ちたあと、激痛で溺れそうになったときに、隆志にいちゃんが、隆大って、子どものときみたいに俺の名前ば読んだとさ。たしかに声のしてさ、それで、はっとしたとよ。それから意識がないようにして近くで浮いとったクルーば、おい、しっかりせんかって言うて叩き起こしてね。

それからどんくらいやったかねえ、おそらく三〇分かそこら、陸のレンジャーの助けに来るまでのあいだ、動かれんようになって、ただ二人浮いとったとさ。

レンジャーが来てくれて、本当によかったよ。命の恩人よ、あの人たちは……ああ、にいちゃん、今度、大村にさ……」

だいぶ溜まっていたものがあったのか、隆大は中原三佐と会うなり、そうやってわっと話しはじめて、なかなか止まらなかった。

大人になってから、そんな弟の姿を見るのは初めてのことで、中原三佐は、ただうんうんとうなずきながら話に耳を傾けたのだった。

――P‐1のほかのクルーには申し訳なく思うが、弟が生きていてくれて本当によかった。本当によかった……。

中原三佐は言葉にはせず、ひとしずくの涙でそのことを弟に示してみせた。それは大人になってから、弟が目にしたことがない兄の姿のはずだった。

同年四月一日

硫黄島

陸自硫黄島派遣対戦車隊

ここにはスナックもなければ、パチンコその他の娯楽施設もなかった。厚生会館の売店にも、そうたいしたものは置いてない。

久々に日暮れから夜にかけて自由になる時間を得た対戦車隊の二人は、仲のよい兄弟のように、隊舎近く芝生の上であぐらをかいて向かいあっていた。

「あと一〇日、切っちゃいましたね、藤村三曹」

部隊に戻るまでの日数である。栗林士長が嬉々とした表情でそう言うものの、まだ若手の下士官には、ふっきれないものがあった。

森田二曹のことだった。

代わりの分隊長がすぐに送られてきて、藤村とは前任の森田よりも馬が合うが、森田のような泥臭さは感じられない。

要領がよく、仕事もできて人づき合いも悪くない典型的な調整タイプの陸曹だった。

森田二曹が苦労人なのは藤村にもわかっていたが、ああなる前に、あの人の生真面目なところを、自分たちがもっとわかってあげることができたんじゃないかと、そういう思いが日増しに強くなっていく。

あの事件、いやあの戦闘の翌朝、森田二曹は迎えにきた一二旅団の隊員二人に付き添われるようにして、やってきたその輸送機に乗せられ部隊へと帰されたが、一週間ほど入院したのち部隊に復帰したと聞いている。

「森田二曹は、やっぱあ、退職なんですかね」

藤村の浮かない気持ちを察してか、栗林がそう言うのをきちんと受け止めることなく、いま悩み多き三曹は、「どうかな」とだけ気のない返事をしてみせた。

これ以上語りかけても無駄と思ったのか、若い士長は、どうでもいいような理由を告げて、島の隊舎へと戻っていった。

――部隊へ帰ったら、やはり折りをみて一度会いにいこう。

藤村は、そう決めた。

島に訓練ではないことを示す非常呼集のラッパ譜がスピーカーから流れたのは、ちょうどそのときだった。

同年四月八日
大村（長崎）
陸自第四師団第一六普通科連隊

陸とは別な場所だが、大村には海自の航空基地もあった。陸も海も、ともに旧軍の系譜を引くもので、九州管内でもその精強さはよく知られている。

二一世紀に入ったいまも、陸では水陸両用訓練やレンジャー訓練に多くの時間が割かれ、過去、災害派遣の出動回数も数えきれない。

それだけに有事に際しても困難な任務が課されるであろうことは、隊員のみなが覚悟していた。

撃墜された海自哨戒機の救難、捜索活動は一週間のうちには海上保安庁へと引き継がれ、松永三佐らレンジャー特設中隊も、全員が部隊へ戻るように命令を受けた。

「これをもってレンジャー特設中隊を解隊する。終わり」

連隊長に告げられたとき、松永三佐は初めて心が休まる思いがした。

気が抜けたというわけではなく、自分の命令や指示によって、とりあえずは部下の命を大きく左右することはなくなったとの思いからだった。

敵が仕掛けた地雷だか爆弾だかで足を負傷した三班長の二曹も、松永が見舞いに行って話を聞くと、早期の治療が功を奏して切断をまぬがれたという。それでもおそらくは、部隊への復帰は難しいかもしれないとの思いが松永にはあった。

――レンジャーの資格まで取った男だというのに、なんとかしてやれないものか。

そうした古今のもののふの心を映すかのごとく、尚武（しょうぶ）の地には、今年もまた桜の花が舞っていた。

そうは思うが、中隊長の松永三佐にできることはかぎられていた。完治後、せいぜい個人のつてで再就職先を探してやれるかどうかといったところだ。

P-1の生存者とも一度会っておく必要があるのかもしれないが、なかなか時間が取れなかった。

それに松永三佐には、まだ日中間の緊張状態が大きく緩和するようにも思えなかった。

夏のオリンピックを前に、政府は早期に解決の道を得たいに違いないが、中国は尖閣の領有権について、いっこうに譲歩の姿勢を見せず、次第にエスカレートしているようにも見える。

中国が本気で日本に対し総力戦をしかけてくるのかどうか。三佐といえども一自衛官の松永には簡単に答えは出せそうになかったが、自衛官であるかぎり、任務の完遂ただ一つとの決心をレンジャーの中隊長はくずさなかった。

RYU NOVELS

日本有事
「鉄の蜂作戦2020」

2017年12月22日　初版発行

著　者　中村ケイジ（なかむら）
発行人　佐藤有美
編集人　安達智晃
発行所　株式会社　経済界
〒107-0052
東京都港区赤坂 1-9-13　三会堂ビル
出版局　出版編集部☎03(6441)3743
　　　　出版営業部☎03(6441)3744
振替　00130-8-160266

ISBN978-4-7667-3253-5

印刷・製本／日経印刷株式会社

RYU NOVELS

大東亜大戦記1～3	羅門祐人 中岡潤一郎
孤高の日章旗1～3	遙　士伸
異邦戦艦、鋼鉄の凱歌1～3	林　譲治
異史・新生日本軍12	羅門祐人
東京湾大血戦	吉田親司
日本有事「鎮西2019」作戦発動!	中村ケイジ
南沙諸島紛争勃発!	高貫布士
新生八八機動部隊1～3	林　譲治
大和型零号艦の進撃12	吉田親司
鈍色の艨艟1～3	遙　士伸
菊水の艦隊1～4	羅門祐人
大日本帝国最終決戦1～6	高貫布士
日布艦隊健在なり1～4	羅門祐人 中岡潤一郎
絶対国防圏攻防戦1～3	林　譲治
蒼空の覇者1～3	遙　士伸
帝国海軍激戦譜1～3	和泉祐司
合衆国本土血戦12	吉田親司
皇国の覇戦1～4	林　譲治
異史・第三次世界大戦1～5	羅門祐人 中岡潤一郎
零の栄華1～3	遙　士伸